大家的

Easy to Learn French

第一本法語

從零開始，一學就會

哈福編輯部 ──── 編著

哈福

史上最佳法語學習書

　　本書從法語從發音、字母、單字、造句、文法到會話，循序漸進學習法語，解說詳細，淺顯易懂，一步到位，單字測驗、造句練習、聽寫測驗、替換練習，馬上評估實力，是目前學習法語的最佳教材。

　　如果您已經看過本公司的「法語發音快速入門」，有一點基礎的話，可以直接跳學會話，如果對法語沒有概念，還覺得困難時，本書就是您的最佳選擇，一定可以滿足您初學法語的需求。

　　「重點單字」是以字母為主，介紹法語初級的單字。「學習造句」則是透過造句來學習單字的用法；「主題單字」則是介紹主題性的單字，方便讀者對特定主題的學習；「會話園地」是介紹實用又生活化的情境會話。

「會話園地」單元增加學習的樂趣和臨場感,搭配可愛的插圖輕鬆學習,進而達到最佳的學習效果;「文法視窗」是針對會話中所出現的初級文法概念,做淺顯易懂的說明,透過會話自然而然的吸收語法的知識,完全不會有學習上的恐懼,反而因為有了文法的解析,讓您更容易瞭解法語的架構。

可依據環境的改變,善用各種學習法

本教材隨書附有MP3,您可以依照自己的習慣或喜歡的學習方式,充份利用零散時間。例如:在搭乘公車時,您可以邊看書邊聽MP3;在等人的片刻,可以拿起書來背背單字,充分掌握學習時間;開車或上班、做家事時,可以邊聽MP3邊做事等,實用性強、靈活度高,是學習法語的最佳教材。

Contents

目 錄

筆 記 欄.

字母篇

MP3-2

重點單字

❶ abeille	*n.f.*		蜜蜂
❷ acheter	*v.t.*		買
❸ autobus	*n.m.*		公共汽車
❹ aéroport	*n.m.*		機場
❺ âge	*n.m.*		年齡
❻ agréable	*a.*		愉快的、舒服的
❼ air	*n.m.*		空氣
❽ armoire	*n.f.*		衣櫥
❾ ami,e	*n.*		朋友
❿ amour	*n.m.*		愛情

❶ C'est une abeille.
這是一隻蜜蜂。

❷ J'achète un livre.
我買一本書。

❸ Il y a beaucoup d'autobus dans la rue.
路上有很多公共汽車。

❹ Elle va chercher quelqu'un à l'aéroport.
她要到機場接人。

❺ Quel âge avez vous?
您幾歲了？

❻ Que c'est agréable!
真是舒服啊！

❼ J'ai besoin d'un peu d'air.
我需要透透氣。

❽ Maman a une grande armoire.
媽媽有一個大的衣櫥。

❾ Marie est une bonne amie à moi.
瑪莉是我的一個好朋友。

❿ Bonjour, mon amour!
日安，我的愛！

Famille/家庭

1

Grand-père

爺爺

4

Mère

媽媽

2

Grand-mère

奶奶

5

Sœur

姊妹

3

Père

爸爸

6

Frère

兄弟

句型結構

　　法文的句型依照句中使用的動詞數量，分為「簡單句」和「複合句」。簡單句指的是句子中僅出現一個動詞，而簡單句可再細分成三個大類：

- 第一種是主詞+動詞，例如：Je dors.（我在睡覺）；
- 第二種是主詞+動詞+表語，例如：Jacque deviendra un professeur.（傑克將來會當老師）；
- 第三種是主詞+動詞+主詞補語，例如：
Elle va au cinéma.（她要去看電影）。

　　複合句是指一個句子中包含兩個或兩個以上的動詞，這樣的句型可見於從屬句或並列連接的複合句，例如：On m'a dit **que** *ce magasin restait ouvert jusqu'à 19 heures.*（聽說這家店開到晚上七點）（因為前後兩個分句之間有從屬、因果、交互影響的關係，所以這個例句屬於從屬關係中的複合句）；

　　Il rentre chez lui **et** il regarde la télévision（他回家，然後他看電視）（因為前後兩個動詞是由連接詞連接起來的，所以這是屬於並列連接的複合句）。

1 買　　　　　　　　　　**4** 愛情

2 家庭　　　　　　　　　**5** frère

3 ami　　　　　　　　　**6** aéroport

造句練習 試著把它們的法文寫出來吧！

1 我需要透透氣。

_____

2 您幾歲了？

_____

3 媽媽有一個大的衣櫥。

_____

4 瑪莉是我的一個好朋友。

_____

5 我買一本書。

_____

1 _____   **4** _____

2 _____   **5** _____

3 _____   **6** _____

替換練習 參考例句，將括弧的單字替換成句子。

範例 **C'est une abeille.(une armoire)**
這是一隻蜜蜂。（一個衣櫥）

C'est une armoire.

1 Elle achète un livre.**(un stylo)**
她買一本書。（一枝筆）

_____

2 J'ai trois frèes.**(deux sœurs)**
我有三個兄弟。（兩個姊妹）

_____

3 Que c'est agréble!**(dèsagrèable)**
真是舒服啊！（不舒服）

_____

4 Ma mère a une belle maison.**(Mon grand-père)**
我媽媽有間漂亮的房子。（我爺爺）

_____

第 2 課　B

重點單字

❶ bonbon	*n.m.*		糖果
❷ bourse	*n.f.*		錢包
❸ bureau	*n.m.*		書桌
❹ bois	*n.m.*		樹林
❺ boîte	*n.f.*		盒子
❻ beau, belle	*a.*		漂亮的
❼ banque	*n.f.*		銀行
❽ biscuit	*n.m.*		餅乾
❾ bœuf	*n.m.*		牛、牛肉
❿ bistro	*n.m.*		小酒館

❶ J'ai des bonbons dans mon sac.
我的包包裡有些糖果。

❷ Sa bourse est très jolie.
他的錢包很漂亮。

❸ Je mets des livres sur le bureau.
我把一些書放在書桌上。

❹ On se promène dans le bois.
我們在樹林裡散步。

❺ J'ai une boîte en verre.
我有一個玻璃做的盒子。

❻ Il est beau, ce garçon.
這男孩長得真是好看。

❼ Mon père travaille dans une banque.
我父親在銀行工作。

❽ Je mange des biscuits.
我在吃餅乾。

❾ Il est fort comme un bœuf.
他像頭牛一樣壯。

❿ On va prendre un verre au bistro.
我們要到小酒館喝一杯。

Fruits/水果

1

banane

香蕉

2

pomme

蘋果

3
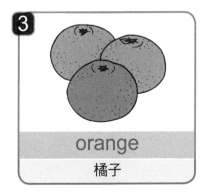

orange

橘子

4

fraise

草莓

5

pastèque

西瓜

6
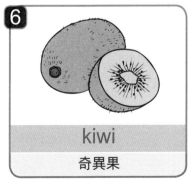

kiwi

奇異果

Qu'est ce que vous faites ?
您在做什麼？

J'écris une lettre à mon frère.
我在寫信給我弟弟。

動詞 Le verb

動詞一般可以分成及物動詞（v.t.）和不及物動詞（v.i.）兩種。可以單獨存在的是不及物動詞（不及物動詞後面不需要承接受詞），例如：*Ne **bougez** pas!*（不要動！）

及物動詞的後面必須承接受詞，而這個接在後面的受詞又可分為兩種：（1）動詞與受詞之間，不必藉由介詞連接的「直接受詞」，如：*Il **porte** un sac.*（2）動詞、受詞之間，必須有介詞de或à來連接的「間接受詞」。如：*J'**écris** une lettre à mon frère.*

另外，當兩個動詞放在一起時，第一個動詞必須依照主詞做動詞變化，而第二個動詞必須以原形表現。

中文也有這種結構，如：我喜歡看電影。「喜歡」和「看」都是動詞，「喜歡」要隨著「我」這個主詞做動詞變化，而「看」必須以動詞原形來表現，在法文會寫成：J'aime aller au cinéma.（直譯是：我喜歡到電影院，法文的「看電影」是aller au cinéma，去電影院，一定是這種講法，如果用regarder le cinéma或voir le cinéma，法國人根本聽不懂你在說什麼！）。

還有一種後接不定式動詞的句法是，「動詞+介詞+動詞」，如：Je pense à passer mes vacances en France cet été.（今年夏天我想去法國渡假。）這個句子有兩個動詞，penser和passer，第一個動詞penser+介詞之後，後面接的動詞和上述規則同理，必須以不定式動詞呈現，也就是動詞原形。

法文的每個動詞都有各自的動詞變化，初學者至少應該注意六組人稱代詞的現在直陳式動詞變化。

1 草莓

4 水果

2 bois

5 bœuf

3 biscuit

6 盒子

造句練習 試著把它們的法文寫出來吧！

1 他像頭牛一樣壯。

_____

2 我在吃餅乾。

_____

3 他的錢包很漂亮。

_____

4 我父親在銀行工作。

_____

5 我們在樹林裡散步。

_____

1 _____   **4** _____

2 _____   **5** _____

3 _____   **6** _____

替換練習 參考例句，將括弧的單字替換成句子。

1 J'achète des fraises au supermarché.(des bananes) 我在超市買草莓。（香蕉）

---

2 Il a une jolie bourse.(boîte)
他有個漂亮的錢包（盒子）。

---

3 Vincent travaille au bistro.(dans une banque)
樊尚在小酒館工作。（在銀行）

---

4 Je mets des bonbons dans le sac.(biscuits)
我放了一些糖果在包包裡。（餅乾）

---

5 La jeune fille mange beaucoup de fruits.(de pommes) 這小女孩吃很多水果。（蘋果）

第 3 課 C

MP3-4

重點單字

❶ chanson	*n.f.*		歌曲
❷ chose	*n.f.*		事物、事情
❸ café	*n.m.*		咖啡、咖啡館
❹ chambre	*n.f.*		房間
❺ calme	*a.*		平靜的
❻ chaussure	*n.f.*		鞋子
❼ cochon	*n.m.*		豬、豬肉
❽ clé	*n.f.*		鑰匙
❾ couleur	*n.f.*		顏色
❿ cerise	*n.f.*		櫻桃

學習造句

❶ J'aime beaucoup les chansons
françaises.　我很喜歡法國香頌。

☆ 「法國香頌」是指法國歌曲，「chansons」是歌曲的意思，目前
「chansons」已廣泛被音譯為「香頌」。

❷ C'est une chose grave.
這是件嚴重的事。

❸ Tu prends un café?
你要喝杯咖啡嗎？

❹ Le bébé dort dans la chambre.
寶寶在房間睡覺。

❺ Il a l'air calme.
他看起來很平靜。

❻ Je ne trouve pas mes chaussures.
我找不到我的鞋子。

❼ Il mange comme un cochon.
他的吃相跟豬一樣。

❽ Voilà les clés.
鑰匙在這兒。

❾ C'est quelle couleur, ça?
這是什麼顏色呀？

❿ Elle devient rouge comme une cerise.
她臉紅得跟櫻桃一樣。

Légumes/蔬菜

1

aubergine

茄子

2

poivron

青椒

3

concombre

黃瓜

4

asperge

蘆筍

5

épinard

菠菜

6

citrouille

南瓜

Qu'est-ce que tu as fait hier ?
妳昨天做了什麼？

Je suis allée à la picine.
我去游泳了。

文法視窗

助動詞 être

「助動詞」主要是幫助動詞，完成時態上的變化（包括過去式、被動式或本身也可以擔任動詞角色）。法文裡的助動詞有兩個，être 和 avoir，我們這一課要先學的是 être。

être能夠幫助哪些動詞，完成過去式時態上的變化呢？主要有：aller、venir、arriver、partir、repartir、entrer、rentrer、sortir、mourir、naître、décéder、rester、tomber、retomber、monter、descendre、devenir、redevenir、revenir，以及所有的反身動詞（verb pronominal）。例如：

Je **suis arrivé**.（我到了）；Je **me suis promené** dans le bois.（我在樹林裡散步。）

在此要提醒您的是，動詞在與助動詞結合產生變化後，即呈現所謂過去式的型態。而被動的語態也是以「être+及物動詞的過去分詞」來構成，例如：

La chemise **est vendue**.（這件襯衫賣掉了）。

être這個字本身也可以做動詞使用，例如：Je suis étudiant.（我是學生），由於我們在這裡介紹的是它在助動詞上所扮演的角色，因此動詞部分則不加以贅述。

主詞	être 動詞變化	主詞	être 動詞變化
Je	suis	Vous	êtes
Tu	es	Nous	sommes
Il/Elle	est	Ils/Elles	sont

1 歌曲

4 菠菜

2 顏色

5 chaussure

3 cerise

6 clé

造句練習 試著把它們的法文寫出來吧！

1 他看起來很平靜。

_____

2 我很喜歡法國香頌。

_____

3 這是什麼顏色呀？

_____

4 他的吃相跟豬一樣。

_____

5 寶寶在房間睡覺。

_____

1 _____ **4** _____

2 _____ **5** _____

3 _____ **6** _____

替換練習 參考例句，將括弧的單字替換成句子。

1 Qu'est-ce tu prends? Je prends des asperges.(un café) 你在吃什麼? 我在吃蘆筍。（咖啡）

_____

2 Je travaille souvent dans un café.(la chambre)
我常在咖啡館做功課。（房間）

_____

3 Elle cherche ses chaussures.(ses clés)
她在找她的鞋子。（鑰匙）

_____

4 C'est une belle chanson.(couleur)
這首歌很美。（顏色）

_____

5 C'est du cochon.(du bœuf)
這是豬肉。（牛肉）

_____

MP3-5

重點單字

❶ docteur	*n.m.*	醫生
❷ danser	*v.i.*	跳舞
❸ dormir	*v.i.*	睡覺
❹ demain	*adv.*	明天
❺ dent	*n.f.*	牙齒
❻ doigt	*n.m.*	手指
❼ dessert	*n.m.*	甜點
❽ dessin	*n.m.*	圖畫
❾ dur,e	*a.*	堅硬的
❿ dire	*v.t.*	説

❶ Je suis docteur.
我是醫生。

❷ Mes parents dansent bien.
我父母很會跳舞。

❸ Je vais dormir bientôt.
我馬上要去睡覺了。

❹ À demain!
明天見！

❺ J'ai mal aux dents.
我牙齒痛。

❻ Elle a des doigts minces.
她的手指頭很纖細。

❼ Vous voulez un dessert?
您要吃甜點嗎？

❽ Je prends une leçon de dessin.
我在上繪畫課。

❾ C'est un objet dur.
這是件堅硬的物體。

❿ C'est à dire, il est amoureux de toi!
也就是說，他愛上妳了！

Insectes/昆蟲

1

ver de terre

蚯蚓

4

papillon

蝴蝶

2

fourmi

螞蟻

5

moustique

蚊子

3

araignée

蜘蛛

6

mouche

蒼蠅

J'ai pris un bouquet de fleurs pour elle.
我送了她一束花。

Que c'est gentil!
真是貼心啊！

助動詞avoir

　　現在讓我們來談談另一個重要的助動詞avoir，除了「不及物動詞」、「反身動詞」以及「動詞的被動語態」之外，所有及物動詞和大部分不及物動詞的時態變位，都是以avoir為助動詞。我們分別來看看這些例句：

　　所有的及物動詞

　　J'ai profité de cette occasion.（我利用了這次的機會。）

　　大部分不及物動詞

　　Il a réussi.（他成功了。）

　　和être一樣，當句子裡出現動詞與助動詞結合時，即表示這是一個過去式的句型。

　　Avoir本身也可做動詞使用，表示「擁有」的意思，如：**J'ai** beaucoup d'amis.（我有很多朋友）。當avoir單獨使用時，它就不再扮演助動詞的角色。

　　基本上來說，我們只要熟記哪些動詞的助動詞是être就可以了，因為其餘的全部都是avoir。

主詞	avoir動詞變化	主詞	avoir動詞變化
Je	ai	Vous	avez
Tu	as	Nous	avons
Il/Elle	a	Ils/Elles	ont

1 醫生

4 甜點

2 fourmi

5 dessin

3 papillon

6 dent

造句練習 試著把它們的法文寫出來吧！

1 我在上繪畫課。

_____

2 您要吃甜點嗎？

_____

3 也就是說，他愛上妳了！

_____

4 我是醫生。

_____

5 她的手指頭很纖細。

_____

1 _____ **4** _____

2 _____ **5** _____

3 _____ **6** _____

替換練習 參考例句，將括弧的單字替換成句子。

1 J'ai mal aux dents.(doigts)
我牙齒痛。（手指）

_____

2 Je fais un dessin de fourmi.(papillon)
我畫了一張螞蟻的圖畫。（蝴蝶）

_____

3 C'est un bon café.(dessert)
這是杯好喝的咖啡。（甜點）

_____

4 On va en discothèque ce soir.(demain)
我們今晚要去舞廳。（明天）

_____

5 Il y a beaucoup de moustiques chez lui.(mouches)
他家裡有很多蚊子。（蒼蠅）

_____

MP3-6

重點單字

❶ eau	*n.f.*		水
❷ écouter	*v.t.*		聽
❸ église	*n.f.*		教會
❹ éléphant	*n.m.*		大象
❺ elle	*pron.pers.f.*		她
❻ escalier	*n.m.*		樓梯
❼ espace	*n.m.*		空間
❽ étoile	*n.f.*		星星
❾ école	*n.f.*		學校
❿ étudiant,e	*n.*		學生

❶ Je bois de l'eau.
我喝水。

❷ Il écoute de la musique.
他在聽音樂。

❸ Je suis allé à l'église hier.
我昨天去教會做禮拜。

❹ Il y a beaucoup d'éléphants en Afrique.
非洲有很多大象。

❺ Qui est-elle?
她是誰？

❻ Je monte les escaliers.
我爬樓梯。

❼ C'est un espace privé.
這裡是一個私人空間。

❽ C'est un hôtel cinq étoiles.
這是間五星級飯店。

❾ Je vais à l'école dans dix minutes.
我十分鐘後就要去上學了。

❿ Nous sommes étudiants à la faculté française.
我們是法文系的學生。

Animaux/動物

1

lapin

兔子

4

girafe

長頸鹿

2

lion

獅子

5

mouton

綿羊

3

tigre

老虎

6

ours

熊

Jacques, lèves-toi!
傑克，起床了！

Ça va, Maman. Une minute.
好啦，媽。再讓我睡一分鐘。

文法視窗

反身動詞Verb pronominal

在以下三種情況下，可成立所謂的反身動詞：

第一，當動詞之前的代詞和主詞相同時，例如：
Le garcon **se regarde** dans le miroir（小男孩看著鏡中的自己）；第二，當句中代詞為動詞補語時，例如：
Ils ne veulent plus se parler（他們不想再交談）；第三，句中代詞被視為該動詞的一部份，有被動含義。例如：Le projet se réalise.（se réaliser 實現）。

動詞之前連接一個與主詞人稱相等的代名詞，我們稱之為反身動詞，反身動詞的動詞原形為se + verb，而主詞人稱的代名詞變化可見下表：

Je 我	me
Tu 你	te
Il/Elle 他/她	se
Nous 我們	nous
Vous 您/你們	vous
Ils/Elles 他們/她們	se

反身動詞的助動詞一律都是用être，例如：
Je me suis levé.（我起床了）。

1 教會　　　　　　　　**4** 兔子

2 星星　　　　　　　　**5** école

3 girafe　　　　　　　**6** 水

造句練習 試著把它們的法文寫出來吧！

1 她是誰？

_____

2 我們是法文系學生。

_____

3 這是間五星級飯店。

_____

4 我昨天去教會做禮拜。

_____

5 他在聽音樂。

_____

1 _____ **4** _____

2 _____ **5** _____

3 _____ **6** _____

替換練習　參考例句，將括弧的單字替換成句子。

1 Elle est allée au cinéma hier soir.(Il)
她昨晚去看電影。（他）

_____

2 J'ai vu un tigre à la télévision.(ours)
我在電視上看到一隻獅子。（熊）

_____

3 C'est un espace public.(école publique)
這是個公共空間。（公立學校）

_____

4 On mange du lapin au restaurant français.(chinois)
我們在法國餐廳吃兔肉。（中國）

_____

5 Je prends l'escalier pour arriver ici.(l'ascenseur)
我爬樓梯到這兒。（電梯）

_____

第 6 課　F

重點單字

❶ facile	*a.*		容易的
❷ faible	*a.*		弱的
❸ faim	*n.f.*		飢餓
❹ famille	*n.f.*		家庭
❺ fleur	*n.f.*		花
❻ forêt	*n.f.*		森林
❼ France	*n.f.*		法國
❽ fenêtre	*n.f.*		窗戶
❾ frigo	*n.m.*		冰箱
❿ fumer	*v.t.*		抽煙

❶ Que c'est facile!
這還真容易呀！

❷ Mon grand-père a le cœur faible.
爺爺的心臟衰弱。

❸ J'ai faim.
我餓了。

❹ J'ai une grande famille.
我有個大家庭。

❺ Elles sentent bonnes, ces fleurs.
這些花兒聞起來好香。

❻ Ils font un pique-nique dans la forêt.
他們在森林裡野餐。

❼ Vive la France.
法國萬歲。

❽ Fermez les fenêres!
把窗戶關上！

❾ N'oubliez pas de mettre les poissons dans le frigo.
別忘了把魚放進冰箱。

❿ Il est interdit de fumer ici.
這裡禁止抽煙。

Prêt-à-porter de femme/女性服飾

1

tailleur
套裝

4

jupe
裙子

2

tenue de soirée
禮服

5

pantalon
褲子

3

robe
洋裝

6

jeans
牛仔褲

Nicolas va aller au banquet de Madame Viret.
尼古拉要去維雷女士的宴會。

Il est invité par qui?
是誰邀請他的？

動詞的主動與被動語態

　　「主動語態」和「被動語態」是兩個相對的動詞狀態。表現動詞動作的是主詞時，就是主詞語態，如：J'ai **téléphoné** à Michelle.（我打電話給米雪兒。）主詞是「我」，動詞是「打電話」，而做「打電話」這個作的人是主詞「我」。

　　至於被動語態則發生在主詞成為句中動詞的承受對象時，也就是「主詞」被「動詞」如何如何，如：

　　La chamber est remplie de fumée.（房間被煙霧填滿了；房間裡全是煙。）

　　La fille a été tuée par son voisin.（這女孩是被鄰居給殺害的。）

　　被動語態在文法上的表現型式是：être + 過去分詞+ par（相當於英文的by），若要從主動語態轉換成被動語態，只要將動詞依此規則做變換就可以了，例如：

　　Elle écrit une lettre. = La lettre est écrite par elle.（她寫一封信 = 這封信是她寫的。）

1 jupe

4 fenêtre

2 洋裝

5 飢餓

3 花

6 抽煙

1 這裡禁止抽煙。

_____

2 把窗戶關上！

_____

3 法國萬歲。

_____

4 這些花兒聞起來好香。

_____

5 我餓了。

_____

1 _____   **4** _____

2 _____   **5** _____

3 _____   **6** _____

替換練習 參考例句，將括弧的單字替換成句子。

1 J'habite à côté du Musée National.(en France)
我住在國立美術館旁邊。（法國）

---

2 Elle est jolie, cette jupe.(robe)
這件裙子真漂亮。（洋裝）

---

3 Je vais voyager en France cet été.(Europe)
我今年夏天要到法國旅行。（歐洲）

---

4 Tu peux fermer la fenêtre?(la porte du frigo)
你可以關個窗嗎？（冰箱門）

---

5 C'est le printemps.(l'hiver)
春天到了。（冬天）

重點單字

❶ garçon	*n.m.*		男孩
❷ gant	*n.m.*		手套
❸ gens	*n.pl.*		人們
❹ gentil,le	*a.*		友善的
❺ geste	*n.f.*		姿勢、動作
❻ glace	*n.f.*		冰淇淋
❼ gorge	*n.f.*		喉嚨
❽ grand,e	*a.*		大的
❾ guide	*n.m.*		嚮導
❿ gymnase	*n.m.*		健身房

學習造句

❶ C'est un garçon de six ans.
這是個六歲的小男孩。

❷ Je n'aime pas mettre des gants.
我不喜歡戴手套。

❸ Il y a beaucoup de gens ici.
這裡有很多人。

❹ Elle est gentille avec nous.
她對我們很友善。

❺ Les Italiens font beaucoup de gestes en parlant.
義大利人説話時手勢很多。

❻ Je voudrais une glace à la vanille.
我要一客香草冰淇淋。

❼ J'ai très mal à la gorge.
我喉嚨很痛。

❽ Vincent est le grand de la classe.
文森是班上的高個兒。

❾ Emma deviendra le guide du musée.
愛瑪將成為美術館嚮導。

❿ Je vais au gymnase tous les dimanches.
我每個星期天都上健身房。

Tête/頭

1

cheveux

頭髮

4

nez

鼻子

2

front

額頭

5

bouche

嘴巴

3

œil

眼睛

6

oreille

耳朵

Ça sent bon ! Qu'est-ce que c'est?
好香啊！是什麼味道？

C'est le poulet que je viens de rôtir.
是我剛烤好的雞肉。

venir de +不定式（infinitif）

在這一課我們要學的是句型：「venir de +不定式（infinitif）」，這個句型形成一種最近過去式的結構，表示剛剛發生的一個動作，也就是「剛剛才如何如何」。我們可以多舉幾個例子來練習：

Je **viens de me** réveiller.
我剛剛才睡醒。

Ils **viennent de** finir le travail.
他們剛剛才完成工作。

Elle **vient d'**acheter un ordinateur.
她剛剛才買了一部電腦。

我們從以上幾個例子可以發現，這個句型結構一點也不難，其實也就是「venir de + 動詞原形」（這裡所説的不定式就是動詞原形），這樣一個簡單的原則，就可以表達出一個動作在過去已經發生過的意味，可以説是初學者學習過去式的第一個階段。

1 健身房　　　　　　　**4** 嘴巴

2 glace　　　　　　　　**5** 男孩

3 gorge　　　　　　　　**6** guide

1 她對我們很友善。

_____

2 這是個六歲的小男孩。

_____

3 義大利人說話時手勢很多。

_____

4 我要一客香草冰淇淋。

_____

5 我剛剛才睡醒。

_____

1 _____　　**4** _____

2 _____　　**5** _____

3 _____　　**6** _____

替換練習　參考例句，將括弧的單字替換成句子。

1 Il est un petit garçon de six ans.(Elle/une petite fille)
他是個六歲的小男孩。（她／小女孩）

_____

2 Elle a de beaux yeux.(belles mains)
她有一雙漂亮的眼睛。（漂亮的手）

_____

3 Je voudrais une glace à la vanille.(fraise)
我要一客香草冰淇淋。（草莓）

_____

4 Elle est gentille avec nous.(méchante)
她對我們很友善。（不友善）

_____

5 Elle vient d'acheter un ordinateur.(des gants)
她剛剛才買了一部電腦。（一雙手套）

_____

第 8 課 H

MP3-9

重點單字

❶ habiter	*v.i. v.t.*		居住
❷ hasard	*n.m.*		偶然
❸ haut,e	*a.*		高的
❹ héros	*n.m.*		英雄
❺ heure	*n.f.*		小時；～點鐘
❻ homme	*n.m.*		人；男人
❼ hôtel	*n.m.*		飯店
❽ horloge	*n.f.*		時鐘
❾ huile	*n.f.*		油
❿ humain	*n.m.*		人類

❶ J'habite avec mes parents.
我和父母住在一起。

❷ On se rencontre par hasard.
我們偶然相遇。

❸ La maison est plus haute que l'arbre.
房子比樹高。

❹ Napoléon est le héros national de la France.
拿破崙是法國的民族英雄。

❺ Quelle heure est-il?
現在幾點了？

❻ C'est un magazine pour l'homme moderne.
這是一本給現代人看的雜誌。

❼ Je viens de faire une réservation à l'hôtel Concorde.
我剛剛才在協和飯店訂了房。

❽ Sophie a une horloge antique.
蘇菲有個古董時鐘。

❾ Combien ça coûte cette bouteille d'huile d'olive?
這瓶橄欖油多少錢？

❿ Vous connaissez Le Droit Humain?
您了解何謂人權嗎？

Les accessoires/衣服配件

1

sac
皮包

4

bijoux
首飾

2

chaussures
鞋子

5

foulard
絲巾

3

chapeau
帽子

6

lunettes de soleil
太陽眼鏡

aller +不定式（infinitif）

　　「aller + 不定式」形成一種最近未來式的句型結構，表示即將發生的一個動作，也就是「就要如何如何」。我們可以從以下幾個例子來加以了解：

Nous **allons** partir demain.
我們明天就要出發了。

Elle **va** rentrer chez elle.
就要回家了。

Les gens **vont** faire une manifestation cette après-midi.
人們在今天下午就要舉行一場示威遊行。

　　從上面這幾個例子，我們發現這樣的句型結構很單純，其實也就是「aller + 動詞原形」，從這樣簡單的句法，就可以表達出一個動作在未來即將發生的作，可說是初學者在傳達未來式的最基本表達方式。

主詞	Aller動詞變化	主詞	Aller動詞變化
Je	vais	Vous	allez
Tu	vas	Nous	allons
Il/Elle	va	Ils/Elles	vont

1 鞋子

4 heure

2 huile

5 hôtel

3 男人

6 帽子

造句練習 試著把它們的法文寫出來吧！

1 我們明天就要出發了。

_____

2 現在幾點了？

_____

3 我和父母住在一起。

_____

4 我剛剛才在協和飯店訂了房。

_____

5 這瓶橄欖油多少錢？

_____

1 _____ **4** _____

2 _____ **5** _____

3 _____ **6** _____

替換練習 參考例句，將括弧的單字替換成句子。

1 J'habite avec mes parents.**(mon ami)**
我和父母住在一起。（我的男友）

---

2 Sophie a une horloge antique.(une bo te antique) 蘇菲有個
古董鐘。（古董盒子）

---

3 Nous allons partir demain.**(lundi prochain)**
我們明天就要出發了。（下週一）

---

4 Je viens d'acheter ce sac.**(chapeau)**
我剛剛才買了這個包包。（帽子）

---

5 Elle travaille dans un hôtel.**(une banque)**
她在一家飯店工作。（一家銀行）

重點單字

❶ idée	*n.f.*		主意；點子
❷ île	*n.f.*		島
❸ image	*n.f.*		像；形象
❹ insecte	*n.m.*		昆蟲
❺ inconnu,e	*n.*		陌生人
❻ instant	*n.m.*		瞬間
❼ intéressant,e	*a.*		有趣的
❽ inviter	*v.t.*		邀請
❾ information	*n.f.*		資料；情報
❿ ivoire	*n.m.*		象牙；象牙色

❶ J'ai une très bonne idée.
我有個很棒的點子。

❷ Venez visiter notre île!
來我們島上參觀啊！

❸ Il vaut mieux changer votre image.
您最好改變您的形象。

❹ J'étudie les insectes à l'université.
我在大學研究昆蟲。

❺ Cet homme est un inconnu pour moi.
這個人對我來說是個陌生人。

❻ Je vais partir dans un instant.
我一會兒就要出發了。

❼ C'est un objet intéressant.
這是件有趣的作品。

❽ Il m'invite à dîner chez lui.
他邀請我到他家晚餐。

❾ Il cherche des informations à la bibliothèque.
他在圖書館找資料。

❿ J'aime beaucoup la couleur ivoire.
我很喜歡象牙色。

Boissons/飲料

1

café

咖啡

4

jus de fruit

果汁

2

thé

茶

5

vin

葡萄酒

3

lait

牛奶

6

bière

啤酒

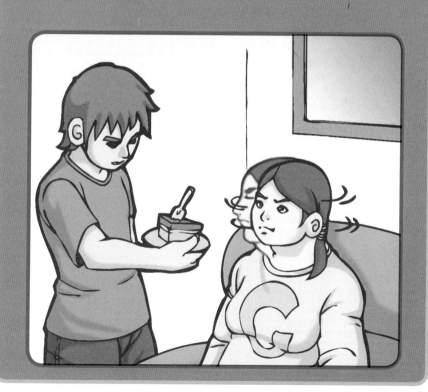

être en train de +動詞原形（infinitif）

「être en train de + 動詞原形」形成一種現在進行式的結構，表示正在發生的一個動作，也就是「正在如何如何」，例如：

Nous **somme en train de** *faire* une promenade.
我們正在散步。

Elle **est en train de** *téléphoner* avec son copin.
她正在和男友講電話。

Les gens **sont en train** de *faire* une manifestation.
人們正在舉行一場示威遊行。

想要表示當下正在發生的一個動作，只要熟記這個句型結構，就能表達出相當於英文裡的現在進行式語句。

1 點子

4 葡萄酒

2 陌生人

5 inviter

3 thé

6 島

造句練習　試著把它們的法文寫出來吧！

1 我有個很棒的點子。

_____

2 這個人對我來說是個陌生人。

_____

3 他邀請我到他家晚餐。

_____

4 他在圖書館找資料。

_____

5 我很喜歡象牙色。

_____

1 _____   **4** _____

2 _____   **5** _____

3 _____   **6** _____

替換練習 參考例句，將括弧的單字替換成句子。

1 C'est un objet intéressant.(une idée)
這是一件有趣的作品。（一個點子）

_____

2 Je voudrais un café, s'il vous plait.(un jus de fruit)
請給我一杯咖啡。（一杯果汁）

_____

3 J'aime beaucoup la couleur ivoire.(rouge)
我很喜歡象牙色。（紅色）

_____

4 Elle est en train de prendre son petit déjeuner.
(déjeuner) 她正在吃早餐。（午餐）

_____

5 Venez visiter notre île!(parc)
到我們島上來參觀啊。（公園）

_____

重點單字

❶ jambe	*n.f.*		腿
❷ jardin	*n.m.*		花園
❸ jaune	*a.*		黃色的
❹ jeu	*n.m.*		遊戲
❺ jeune	*a.*		年輕的
❻ joli,e	*a.*		好看的、漂亮的
❼ jouer	*v.t.*		遊戲、玩耍
❽ jour	*n.m.*		白天、日子
❾ juste	*a.*		公平的
❿ jus	*n.m.*		汁

❶ Ma jambe est blessée.
我的腿受傷了。

❷ Ce jardin est du style anglais.
這是個英國式花園。

❸ Je préfère la chemise jaune.
我比較喜歡黃色的襯衫。

❹ On va jouer aux cartes ce soir.
今晚我們要玩紙牌遊戲。

❺ Je suis une jeune fille.
我是個年輕的女孩。

❻ C'est une jolie maison.
這是間漂亮的房子。

❼ Elle joue au tennis.
她打網球。

❽ Ça fait 3 jours qu'on est là.
我們到這裡已經三天了。

❾ Ce n'est pas juste.
這不公平。

❿ Je voudrais un jus d'orange, s'il vous plaît.
請給我一杯柳橙汁。

Véhicule/交通工具

1

un avion
飛機

4

un autobus
公共汽車

2

un bateau
船

5

un scooter
機車

3

un train
火車

6

un taxi
計程車

Excusez-moi, vous pouvez prendre une photo de moi devant la Tour Eiffel?
對不起，可以幫我在艾菲爾鐵塔前面拍張照片嗎？

Bien sûr, avec ou sans la Tour Eiffel ?
當然，需要拍下艾菲爾鐵塔嗎？

名詞的陰陽性

　　法文的名詞分為：陰性（n.f.）及陽性（n.m.），一般來説，陰陽性名詞有三種狀況：（1）陽性名詞後面加e變陰性名詞（2）陰陽性已固定無法改變（3）名詞本身既可做陰性也可以當陽性。請看以下的範例：

（1）陽性名詞後面加上e，變成陰性名詞：

　　un étudiant →**une** étudian**te**。

（2）本身有既定的陰、陽性，無法轉換：

　　un stylo（一枝筆）。也就是説，「筆」在法文當中已經被規定成陽性，是無法轉換的。

（3）可以是陰性也可以是陽性：

　　un styliste → **une** styliste，當我們用**un** styliste指的是一位（男性）設計師，而**une** styliste則是一位（女性）設計師。

　　在冠詞部分，同樣依陰陽性之不同而有所區分，陰性名詞所使用的冠詞是la或une，而陽性名詞則是le或un。除了陽性名詞之後加e，該名詞變成陰性外，其他還有一些陽性名詞變換成陰性的規則，我們簡單歸納如下：

陽性	陰性	舉例		
-er	-ère	cuisinier	→ cuisinière	廚師
-en	-enne	Parisien	→ Parisienne	巴黎人
-x	-se	capricieux	→ capricieuse	任性的人
-r	-se	rieur	→ rieuse	滿面笑容的人
-eur	-rice	calculateur	→ calculatrice	會打算的人

1 腿

4 Parisien

2 年輕的

5 船

3 jeu

6 avion

造句練習 試著把它們的法文寫出來吧！

1 我比較喜歡黃色的襯衫。

_____

2 這不公平。

_____

3 我們到這裡來已經三天了。

_____

4 我的腿受傷了。

_____

5 這是間漂亮的房子。

_____

1 _____

4 _____

2 _____

5 _____

3 _____

6 _____

替換練習 參考例句，將括弧的單字替換成句子。

1 Il est juif.(parisien)
他是猶太人。（巴黎人）

---

2 Je préfére la chemise jaune.(violette)
我比較喜歡黃色的襯衫。（紫色）

---

3 J'aimerais être un professeur.(styliste)
我想成為老師。（設計師）

---

4 Il va aller en taxi.(avion)
他要搭計程車去。（飛機）

---

5 Un jus de citron, s'il vous plaît.(jus de fruit)
請給我一杯檸檬汁。（果汁）

重點單字

❶	tank	*n.m.*	坦克
❷	kilo	*n.m.*	公斤
❸	kilomètre	*n.m.*	公里
❹	ski	*n.m.*	滑雪
❺	poker	*n.m.*	撲克牌
❻	kiwi	*n.m.*	奇異果
❼	kiosque	*n.m.*	涼亭
❽	kimono	*n.m.*	和服
❾	kiki	*n.m.*	喉嚨（俗）
❿	kaki	*a.*	土黃色的

❶ Le Tank est une arme militaire.
坦克是一種武器。

❷ Combien de kilos cela pèse?
這有幾公斤重？

❸ Ça fait 3 kilomètres d'ici à Taipei.
從這裡到台北有三公里。

❹ Pourquoi pas faire du ski ce week-end?
這個週末何不去滑雪？

❺ Papa joue au poker tous les jeudi soir.
爸爸每星期四晚上都在玩撲克牌。

❻ Le kiwi est le fruit que j'aime le plus.
奇異果是我最喜歡的水果。

❼ On se donne rendez-vous dans ce kiosque.
我們約在這個涼亭見面。

❽ On a visité un musée du kimono.
我們參觀了一間和服博物館。

❾ Il m'a serré le kiki.
他掐住我的喉嚨。

❿ On voit souvent des murs de couleur kaki en Afrique.
我們常在非洲看到黃色土牆。

主題單字

Sentiments/情緒

1

content,e

高興的

4

pleurer

哭

2

rire

大笑

5

inquiet,ète

擔心的

3

se fâcher

生氣

6

peur

害怕

Il est très bon, ce thé. Je peux en avoir un autre?
這茶好好喝，我可以再喝一杯嗎？

Bien sûr! Je le prépare pour vous.
當然！我幫您準備。

文法視窗

人稱代名詞

人稱代名詞，用以代替句子當中某個已被提過的名詞或句子。它的形式依人稱和數量之不同而有所不同。

單數人稱	單數人稱代名詞	
	直接受詞	間接受詞
Je	me	me
Tu	te	te
Il/Elle	le/la	lui

複數人稱	複數人稱代名詞	
	直接受詞	間接受詞
Vous	vous	vous
Nous	nous	nous
Ils/Elles	les	leur

我們必須從直接受詞和間接受詞兩部分，來解釋人稱代名詞。首先是直接受詞的部分，例如：Je vais voir **ma mère.** → Je vais **la** voir. 由於 ma mère 是直接受詞，因此我們用的是直接受詞的單數代名詞 la。

至於間接受詞的部分，必須選用間接的人稱代名詞，如：Elle offre un cadeau **à Vincent.** → Elle **lui** offre un cadeau.

代名詞的形式除了直接受詞和間接受詞外，還有反身代名詞，以及具有強調意味的重申代名詞。

反身代名詞來自於反身動詞（se+verb），句子中的反身動詞指的是哪一個主詞的動作，那麼反身代名詞就必須跟著那個主詞來做變化，其規則為：

單數		複數	
主詞	反身代名詞	主詞	反身代名詞
je	me	nous	nous
tu	te	vous	vous
il/elle	se		

而具有強調意味的重申代名詞則包括：

單數		複數	
主詞	重申代名詞	主詞	重申代名詞
je	moi	nous	nous
tu	toi	vous	vous
il/elle	lui/elle	ils/elles	eux/elles

1 kiosque

4 kiwi

2 害怕

5 滑雪

3 高興

6 情緒

造句練習 試著把它們的法文寫出來吧！

1 這有幾公斤重？

_____

2 這個週末何不去滑雪？

_____

3 我們參觀了一間和服博物館。

_____

4 他掐住我的喉嚨？

_____

5 坦克是一種武器。

_____

1 _____

4 _____

2 _____

5 _____

3 _____

6 _____

替換練習 參考例句，將括弧的單字替換成句子。

1 Pourquoi pas faire du ski ce week-end?(aller à la montagne) 這個週末何不去滑雪？（爬山）

_____

2 Le kiwi est le fruit que j'aime le plus.(la pomme) 奇異果是我最喜歡的水果。（蘋果）

_____

3 On a visité un musée du kimono.(de la motocyclette) 我們參觀了一間和服博物館。（摩托車）

_____

4 Je peux essayer cette jupe rouge?(cette chemise blanche) 我可以試穿這件紅色裙子嗎？（白色襯衫）

_____

5 Moi, je déteste la pluie.(la neige) 我啊，很討厭下雨。（雪）

_____

第 12 課 L

重點單字

❶ lait	*n.m.*		牛奶
❷ lapin,e	*n.*		兔子
❸ leçon	*n.f.*		課
❹ légume	*n.m.*		蔬菜
❺ large	*a.*		大的
❻ lent,e	*a.*		慢的
❼ lire	*v.t.*		閱讀
❽ livre	*n.m.*		書籍
❾ lune	*n.f.*		月亮
❿ lunettes	*n.pl.*		眼鏡

❶ On n'a plus de lait.
我們沒有牛奶了。

❷ Il y a une exposition de lapins au marché.
市場裡有場兔子博覽會。

❸ On va apprendre la leçon cinq aujourd'hui.
我們今天要上第五課。

❹ Mon petit frère prend très peu de légumes.
我弟弟蔬菜吃得很少。

❺ C'est un large espace.
這是個大空間。

❻ Le temps passe très lentement.
時間過得很慢。

❼ J'aime lire.
我喜歡閱讀。

❽ Je lis un livre.
我在讀一本書。

❾ C'est la pleine lune cette nuit.
今晚是滿月。

❿ Je porte des lunettes depuis dix ans.
我戴眼鏡已經有十年的時間了。

La nationalité/國籍

1

L'Angleterre

英國

4

Les Etats-Unis

美國

2

L'Espagne

西班牙

5

Le Japon

日本

3

L'Italie

義大利

6

La Corée

韓國

Vous venez d'où?
您打哪兒來？

Je viens d'une ville
qui se trouve en Asie.
我來自亞洲的一個城市。

關係代名詞

　　關係代名詞是用來連接相關的兩個分句,以一個關係代名詞來取代兩個分句當中都曾出現過的同一個名詞或代名詞,讓兩個分句合併成一個句子。

　　本課主要介紹三個簡單的關係代名詞,Qui、Que、Où。Qui 在關係從屬句中代替「主詞」角色,其動詞必須與先行詞的人稱、陰陽性及單複數一致。例如:Je cherche **le monsieur** en uniforme. **Le monsieur** est un policier. → Je cherche le monsieur en uniforme **qui** *est un policier.*(我在找穿制服的那位先生。那位先生是個警察 → 我在找穿制服的那位警察先生。)

　　Que 在關係從屬句中所代替的是「直接受詞」,它的陰陽性、單複數必須跟著先行詞,舉例來說:C'est **un problème.**(這是個問題。)On ne peut pas résoudre **ce problème** tout seul.(我們自己沒辦法解決這個問題。)→C'est un problè me **qu'**on ne peut pas résoudre tout seul.(這是個我們沒辦法自己解決的問題。)

　　Où 在從屬句中表示「地方」或「時間」。當où為地方補語時:**La France** est un pays.(法國是個國家。)Je suis né **en France.**(我出生在法國。)→ La France est le pays **où** je suis né.(法國是我出生的國家。)

　　而當où為時間補語時:Je suis né **au printemps.**(我在春天出生。)Il fait agréable **au printemps.**(春天的天氣很舒服。)→ Je suis né au printemps **où** *il fait agréable.*(我出生在天氣很舒服的春天。)

1 西班牙　　　　　　　**4** 眼鏡

2 月亮　　　　　　　　**5** 美國

3 livre　　　　　　　　**6** 牛奶

造句練習 試著把它們的法文寫出來吧！

1 市場裡有場兔子博覽會。

_____

2 時間過得很慢。

_____

3 我喜歡閱讀。

_____

4 這是個大空間。

_____

5 我們沒有牛奶了。

_____

1 _____ **4** _____

2 _____ **5** _____

3 _____ **6** _____

替換練習 參考例句，將括弧的單字替換成句子。

1 J'aime lire.(aller au cinéma)
我喜歡閱讀。（看電影）

---

2 Le temps passe très lentement.(vite)
時間過得很慢。（快）

---

3 Je suis né en France.(aux Etats-Unis)
我在法國出生。（在美國）

---

4 Il fait agréable au printemps.(en automne)
春天的天氣很舒服。（秋天）

---

5 On va apprendre la leçon cinq aujour'hui.(demain)
我們今天要上第五課。（明天）

重點單字

❶ madame	*n.f.*		女士
❷ mère	*n.f.*		媽媽
❸ maison	*n.f.*		房子
❹ magasin	*n.m.*		商店
❺ marché	*n.m.*		市場
❻ manteau	*n.m.*		大衣
❼ mignon,ne	*a.*		可愛的
❽ mari	*n.m.*		丈夫
❾ méchant,e	*a.*		凶惡的
❿ merci	*interj.*		謝謝

❶ Bonjour, madame.
日安，女士。

❷ Je suis très proche avec ma mère.
我和我媽媽很親密。

❸ C'est une petite maison.
這是間小房子。

❹ Elle est vendeuse dans un magasin.
她是商店的售貨員。

❺ Je suis allé au marché aux fleurs.
我到花市去了。

❻ Elle a oublié son manteau dans le taxi.
她把她的外套忘在計程車上了。

❼ Qu'elle est mignonne !
她真是可愛。

❽ Je cherche un cadeau pour mon mari.
我在幫我先生找一件禮物。

❾ Le chien de Luc est très méchant.
呂克的狗很兇。

❿ Merci beaucoup!
多謝！

Le sport(1)/運動（一）

1

tennis

網球

2

le football

足球

3

le golf

高爾夫球

4

faire du ski

滑雪

5

le billard

撞球

6

la natation

游泳

Qui est-ce?
這是誰？

C'est la fille de Madame Sue.
這是蘇太太的女兒。

疑問代名詞

　　疑問代名詞會出現在對人、事、物提出詢問的句子當中來表達疑問，不過並不只限於疑問句。我們在這裡所要介紹的疑問代名詞包括：qui、que、quoi，這幾個屬於簡單型的疑問代名詞，結構並不會太難，適合初學者學習。

　　qui 只能用在詢問有關「人」的問題上。例如：**Qui est là**？（誰在那裡）？**Il est à qui** ce livre?（這本書是誰的？）**Vous parlez de qui**？（你們在説誰？）這裡的 qui 可以當主詞、直接或間接受詞、補語或從屬詞等。

　　que 可以表示詢問「事」或「物」，在句子當中可以做受詞或從屬詞。例如：**Qu'est**-ce qui arrive?（發生什麼事了？）Quelque chose **que** tu as mangé.（你已經吃過的某樣東西。）

　　quoi 則只能用在詢問有關「物」的問題上。可以代替主詞、直接和間接受詞和補語，例如：**Quoi**?（什麼？）　C'est **quoi** *ça*?（這是什麼東西呀？）*De* **quoi** tu parles?（你在説啥？）**Quoi** *de* nouveau?（有啥新鮮事？）

1 商店

4 méchant

2 丈夫

5 maison

3 滑雪

6 madame

1 我到花市去了。

_____

2 她是商店的售貨員。

_____

3 她真是可愛。

_____

4 發生什麼事了？

_____

5 你在說啥？

_____

1 _____　　**4** _____

2 _____　　**5** _____

3 _____　　**6** _____

替換練習　參考例句，將括弧的單字替換成句子。

1 Bonjour madame!(monsieur)
日安，女士！（先生）

_____

2 J'ai acheté un manteau pour mon mari.(ma fille)
我幫我先生買了一件外套。（我女兒）

_____

3 Il a un chien très méchant.(mignon)
他有一隻很兇的狗。（可愛）

_____

4 On va jouer au tennis cet après-midi.(faire du ski)
我們今天下午要去打網球。（滑雪）

_____

重點單字

❶ nager	*v.t.*		游泳
❷ naître	*v.i.*		出生
❸ nappe	*n.f.*		桌布
❹ naïf,ve	*a.*	天真的、幼稚的	
❺ neige	*n.f.*		雪
❻ nerveux,se	*a.*	神經質的、緊張的	
❼ Noël	*n.m.*		聖誕節
❽ nom	*n.m.*		姓名
❾ nettoyer	*v.t.*		打掃
❿ nuit	*n.f.*		夜晚

❶ Je ne sais pas nager.
我不會游泳。

❷ Il est né à Paris.
他在巴黎出生。

❸ On a mis une nouvelle nappe.
我們換了一條新的桌布。

❹ C'est naïf de dire ça.
這麼說真是幼稚。

❺ Il neige.
下雪了。

❻ Elle est nerveuse.
她很神經質。

❼ Joyeux Noël!
聖誕快樂！

❽ Quel est votre nom?
您叫什麼名字？

❾ Maman nous demande de nettoyer la chambre.
媽媽要我們打掃房間。

❿ Je travaille toute la nuit.
我整晚都在工作。

Le sport(II)/運 （二）

1

aérobic
有氧體操

4

faire de l'éuitation
騎馬

2

plonger
潛水

5

aller à la montagne
登山

3

pêcher
釣魚

6

faire du jogging
跑步

指示形容詞&所有格形容詞

　　指示形容詞在句子中用來限定所指之人、事、物，必須放在所限定名詞之前，並依所指示名詞的陰陽性、單複數而有變化。

　　所有陰性名詞前的指示形容詞都是用cette，例如：**cette femme**（這個女人），而陽性名詞前的指示形容詞有兩種，除了ce之外，在母音a,e,i,o,u及啞音h為首的陽性單名詞前，為求發音順暢而必須使用cet，如：**ce pantalon**（這件褲子）**cet homme**（這個男人）、**cet** étudiant（這個學生）；至於複數名詞的指示形容詞，不論陰性或陽性，都是以**ces**來表示，如：ces fleurs（這些花兒）、**ces** garçons（這些男孩子們）。

　　所有格形容詞用來表明該人、事、物的所有者，也就是我的、他／她的、你的、我們的、你們的、他們／她們的…（＋所指之名詞），這部分也會依所有人之人稱、陰陽性、單複數變化。

	陰性	陽性	複數
je	ma	mon	mes
tu	ta	ton	tes
il/elle	sa	son	ses
vous	votre	votre	vos
nous	notre	notre	nos
ils/elles	leur	leur	leurs

　　初學者在判斷某個名詞的所有格形容詞時，可以先找出這個名詞的所有人是誰，再釐清該名詞的陰陽性和單複數。

　　另外，同樣是為了發音順暢，以a,e,i,o,u,h,為首的陰性單數單字前的所有格形容詞，一律改為陽性之所有格形容詞。

1 騎馬

4 nettoyer

2 出生

5 潛水

3 naïf

6 登山

造句練習 試著把它們的法文寫出來吧！

1 我不會游泳。

_____

2 這麼說真是幼稚。

_____

3 聖誕快樂！

_____

4 我整晚都在工作。

_____

5 下雪了。

_____

1 _____ **4** _____

2 _____ **5** _____

3 _____ **6** _____

替換練習 參考例句，將括弧的單字替換成句子。

1 Je ne sais pas nager.**(pêher)**
我不會游泳。（釣魚）

_____

2 Elle est née en France.**(en Italie)**
她在法國出生。（義大利）

_____

3 Je travaille toute la nuit.**(tout l'été)**
我整晚都在工作。（整個夏天）

_____

4 Maman nous demande de nettoyer la chambre.**(la maison)** 媽媽要我們打掃房間。（房子）

_____

5 Quel est votre nom?**(nationalité)**
你的名字是什麼？（國籍）

_____

重點單字

❶ œuf	*n.m.*	蛋
❷ œil	*n.m.*	眼
❸ oiseau	*n.m.*	鳥
❹ olive	*n.f.*	橄欖
❺ ombre	*n.f.*	影子
❻ oncle	*n.m.*	叔伯
❼ opéra	*n.m.*	歌劇、歌劇院
❽ ordure	*n.f.*	垃圾
❾ os	*n.m.*	骨頭
❿ oser	*v.t.*	膽敢

❶ Il ne reste qu'un œuf dans le frigo.
冰箱只剩下一顆蛋了。

❷ Elle a perdu un œil.
她一隻眼睛失明了。

❸ Il y a des oiseaux dans le parc.
公園裡有些鳥兒。

❹ Papa mange souvent des olives marinées.
爸爸常吃醃橄欖。

❺ Il fait bon à l'ombre des arbres.
樹蔭下很涼快。

❻ J'ai deux oncles.
我有兩個叔叔。

❼ Je vais aller à l'opéra ce soir.
我今晚要去聽歌劇。

❽ On a besoin d'une boîte à ordure.
我們需要一個垃圾桶。

❾ Marie a de grands os.
瑪莉的骨架很大。

❿ Je n'ose pas lui dire ça.
我不敢這樣跟他說。

Produits de beauté /化妝品

1

rouge à lèvres
口紅

4

baume pour les lèvres
護唇膏

2

poudre compacte
粉餅

5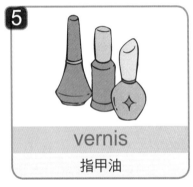

vernis
指甲油

3

parfum
香水

6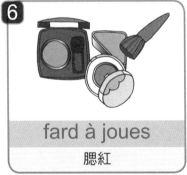

fard à joues
腮紅

Voici Renault, il est un ami à moi.
這位是雷諾，他是我的朋友。

Oh, il est si beau!
哇！他長得好帥喔。

文法視窗

副詞

　　副詞可分四種：（1）本身即是副詞的單字，例如：très 非常、prèsque 幾乎；（2）形容詞＋ment所構成的副詞，如：rapidement（快速地）、lentement（緩慢地）；（3）直接被當作副詞使用的形容詞，如：parler fort（大聲講話）、monter haut（爬得很高），這些形容詞被當作副詞使用時，沒有陰陽性或單複數的變化問題；（4）在比較級或最高級的句型當中，如：vite、tôt、souvent、tard上的比較，如：Il vient plus **souvent** que moi.（他比我常來）。

　　副詞的種類分為：時間、地方、數量、方式、肯定/否定、疑問、感嘆等副詞。

◎「時間副詞」表明時間，如：Je t'aime **toujours**.（我一直都愛你。）

◎「地方副詞」表示地方，如：J'habite **près** de chez vous.（我住在你家附近。）

◎「數量副詞」的例子有：J'en ai **assez**.（我受夠了。）Il a acheté **beaucoup** de choses.（他買了很多東西。）

◎「方式副詞」包括由形容詞＋ment所形成的所有副詞，以及 bien、mal、ensemble、ainsi、par hasard等，如：Il dort **tranquillement**.（他安靜地睡著。）J'ai rencontré un ami **par hasard**.（我無意間遇到一個朋友。）；

◎「肯定副詞」如：**Oui**, j'y vais.（好的，我會去。）

◎「否定副詞」如：**Non**, il ne travaille pas ici.（不，他不在這裡工作。）

◎「疑問副詞」如：**Comment** allez-vous?（您好嗎？）

◎「感嘆副詞」如：**Que** c'est chic!（這真是高尚啊！）

1 歌劇院

4 oncle

2 oiseau

5 ordure

3 口紅

6 香水

造句練習 試著把它們的法文寫出來吧！

1 冰箱只剩下一顆蛋了。

---

2 樹蔭下很涼快。

---

3 我今晚要去聽歌劇。

---

4 我們需要一個大一點的垃圾桶。

---

5 我不敢這樣跟他說。

---

1 _____   **4** _____

2 _____   **5** _____

3 _____   **6** _____

替換練習 參考例句，將括弧的單字替換成句子。

1 C'est un oiseau.**(unéchat)**
這是一隻鳥。（一隻貓）

---

2 On va à l'Opéra.**(au musée du Louvre)**
我們要到歌劇院。（羅浮宮美術館）

---

3 Je n'ose pas dire ça.**(faire)**
我不敢這麼說。（做）

---

4 J'ai reçu un rouge à lèvres comme cadeau d'anniversaire.**(un parfum)** 我收到一支口紅當作生日禮物。
（一瓶香水）

---

5 On a besoin d'une boîte à ordure un peu plus grande.**(boîte aux lettres)** 我們需要一個大一點的垃圾桶。
（信箱）

MP3-17

重點單字

❶ payer	*v.t.*	付錢
❷ pain	*n.m.*	麵包
❸ papier	*n.m.*	紙
❹ parapluie	*n.m.*	雨
❺ parfait,e	*a.*	完美的
❻ patron,ne	*n.*	老闆
❼ pays	*n.m.*	國家
❽ penser	*v.i.*	想、想起
❾ pharmacie	*n.f.*	藥房
❿ prix	*n.m.*	價錢

1 En France, parfois, il faut payer pour aller aux toilettes.

在法國上廁所，有時候必須付錢。

2 Je voudrais encore du pain, s'il vous plaît.

請再給我麵包。

3 Vous avez une feuille de papier?

您有紙嗎？

4 Il faut prendre un parapluie avec nous.

我們應該帶把傘。

5 Rien n'est parfait.

沒有什麼是完美的。

6 Je suis le patron ici.

我是這裡的老闆。

7 La France est un pays d'Europe.

法國是個歐洲國家。

8 Il ne faut pas penser comme ça.

不應該這麼想的。

9 Est-ce qu'il y a une pharmacie par ici?

這附近有藥房嗎？

10 Le prix est trop cher.

這個價錢太貴了。

La nature & le climat/自然景觀與氣候

1

montagne
山

4

arc-en-ciel
彩虹

2

mer
海

5

pleuvoir
下雨

3

rivière
河

6

neiger
下雪

Tu préfères lequel?
你比較喜歡哪一件？

Le vêtement en rouge te va mieux.
紅色那件衣服比較適合妳。

冠詞 Les articles

　　冠詞扮演一種輔助功能，在名詞前面用以限定名詞。形式上須隨著後面所限定名詞的詞性、數量加以變化。法文的冠詞有三種：定冠詞、不定冠詞和部分冠詞。

	陽性單數	陰性單數	複數
不定冠詞（article indéfini）	un	une	des
定冠詞（article défini）	le（l'）*	la（l'）*	les
部分冠詞（article partitif）（de+定冠詞）	du（de l'）*	de la（de l'）*	des
	*在 a-e-i-o-u-h 之前		

❶ 當名詞所表達的人、事、物不確定時，使用不定冠詞。如：**un** livre（一本書）這裡不確定指的是哪一本書。

❷ 當該名詞所指的人、事、物有所限定，也就是某個東西、某些人時，必須使用定冠詞，如：**le** livre（這本書）。另外，當該名詞所指的是普遍而眾所皆知的名詞時，也必須使用定冠詞，如：**la** France 法國、**le** soleil 陽光。其它諸如：藝術（**la** dance 舞蹈）、抽象（**le** souci 憂慮）、地理（**l'**europe 歐洲）、季節（**le** printemps 春天）、節慶（**le** 14 juillet 法國國慶）、姓氏（**les** Chatté）、頭銜（**le** Président）、學科（**la** littérature 文學）、顏色（**le** rouge 紅色）、語言（**le** français 法文），這些名詞之前也都必須使用定冠詞。

❸ 當所指名詞的數量不確定或無法計算時，必須使用部分冠詞。如：Je prends souvent **du** café.（我常喝些咖啡）喝多少量是不可知的。如果我們講 Je prends **un** café. 指的是（我喝一杯咖啡）一杯是很明確的數量，用的是不定冠詞。而 J'aime **le** café.（我喜歡咖啡）指的又是咖啡的總稱，眾所皆知的名詞，所以應該用定冠詞。

1 國家

4 mer

2 藥房

5 pleuvoir

3 雨傘

6 麵包

1 在法國上廁所，有時候必須付錢。

_____

2 沒有什麼是完美的。

_____

3 法國是個歐洲國家。

_____

4 這附近有藥房嗎？

_____

5 請再給我麵包。

_____

1 ＿＿＿＿＿＿＿＿＿＿＿＿　　**4** ＿＿＿＿＿＿＿＿＿＿＿＿＿＿

2 ＿＿＿＿＿＿＿＿＿＿＿＿　　**5** ＿＿＿＿＿＿＿＿＿＿＿＿＿＿

3 ＿＿＿＿＿＿＿＿＿＿＿＿　　**6** ＿＿＿＿＿＿＿＿＿＿＿＿＿＿

替換練習　參考例句，將括弧的單字替換成句子。

1 Vous avez une feuille de papier?(un parapluie)
您有紙嗎？（雨傘）

2 Est-ce qu'il y a une pharmacie par ici?(une rivière)
這附近有藥房嗎？（河川）

3 Il pleut!(neige)
下雨了！（下雪）

4 J'aime aller à la montagne.(au bord de la mer)
我喜歡爬山。（到海邊）

5 Je suis le patron ici.(un client)
我是這裡的老闆。（客人）

第 17 課 Q

 MP3-18

重點單字

❶ quai	*n.m.*		碼頭
❷ queue	*n.f.*		尾巴
❸ qui	*pron.rel.*		誰
❹ quoi	*pron.rel.*		什麼
❺ quitter	*v.t.*		離開
❻ quotidien, ne	*a.*		每天的
❼ question	*n.f.*		問題
❽ quelquefois	*adv.*		偶爾
❾ qualité	*n.f.*		品質
❿ quelqu'un	*pron. indef.*	某人、有人

學習造句

❶ Le Havre est un port important en France.
勒阿坲爾是法國重要的碼頭。

❷ Mon chien s'est blessé à la queue.
我的狗弄傷了牠的尾巴。

❸ Qui est là?
誰在那兒？

❹ De quoi tu parles?
你在説些什麼？

❺ Ma copine m'a quitté.
我的女朋友離開我了。

❻ C'est un journal quotidien.
這是一份每日郵報。

❼ J'ai une question pour vous.
我有個問題要問你。

❽ Je vais au marché aux puces quelquefois.
我偶爾會到跳蚤市場。

❾ Ce qui compte, c'est la qualité.
重要的是品質。

❿ Quelqu'un vient avec moi?
有人要跟我一起來嗎？

主題單字

1

ordinateur personnel
桌上型電腦

4

clavier
鍵盤

2

ordinateur portable
筆記型電腦

5

écran
螢幕

3

souris
滑鼠

6

unité centrale
主機

Anne, je te présente Renault, un ami à moi.
安娜，這位是我的朋友雷諾。

Bonjour. Je suis ravi de vous connaître.
妳好。很高興認識妳。

Bonjour.
你好。

簡單介詞 à、de、dans

　　法文的介詞有兩種，簡單介詞和介詞片語。由一個單獨字彙形成的介詞就是「簡單介詞」，其中最重要而基本的簡單介詞是：à、de、dans、en、pour 和 par。而所謂「介詞片語」是由一個字串所組成，例如：au milieu de、loin de、parmi de、à travers de 等等，接下來的兩課將就六個主要的簡單介詞加以介紹，請注意，介詞後面若接動詞，那麼這個動詞必須使用動詞原形。

　　介詞 à 後面可承接（1）動詞補語，例如：Je pense **à toi**（我想你）、Je continue **à parler**（我繼續説話）、Il est **à moi**（他是我的）；（2）形容詞補語，例如：C'est facile **à apprendre**（這很容易學）、Il est difficile **à comprendre**（他很難懂）；（3）名詞補語，例如：une **tasse à thé** 一杯茶、un **salle à manger** 餐廳；此外，介詞 à 可承接「地理名詞」，例如：**à Paris**、**à Taipei**，以及「方向」，例如：**à l'est** 在東方、**à gauche** 在左邊。

　　介詞 de 後面可接（1）動詞補語，例如：Il vient **de France**（他來自法國）、Elle a refusé **dáccepter ce cadeau**（她拒收這份禮物）；（2）形容詞補語，例如：C'est incroyable **de faire ça**（這麼做真是不可思議）、Je suis ravi **de vous voir**（我很高興見到您）；（3）副詞補語，例如：Il a beaucoup **d'argent**（他有很多錢）、J'ai très peu **d'ami**（我朋友很少）；（4）名詞補語，例如：le cours **de français**（法文課）、la maison **de Marie**（瑪莉的房子）；（5）屬詞，例如：C'est un objet **de mon ami**（那是我朋友的東西。）

　　介詞 dans 後面可接（1）時間，例如：**dans trois jours**（三天之後），「dans +時間」一定是用來表達未來的某個時間；（2）地點，這個地點包括一般的地方，例如：**dans un café** 在一家咖啡館裡，和專有名詞的地名，例如：**dans le Mans** 在蒙斯（法國一地名）。

1 碼頭　　　　　　　　　　**4** 尾巴

2 每天的　　　　　　　　　**5** 鍵盤

3 quitter　　　　　　　　**6** qualité

造句練習 試著把它們的法文寫出來吧！

1 我的狗弄傷了牠的尾巴。

_____

2 你在說些什麼？

_____

3 我女朋友離開我了。

_____

4 重要的是品質。

_____

5 有人要跟我一起來嗎？

_____

1 _____   **4** _____

2 _____   **5** _____

3 _____   **6** _____

替換練習 參考例句，將括弧的單字替換成句子。

1 Mon chien s'est blessé à la queue.(le cou)
我的狗弄傷了牠的尾巴。（牠的脖子）

---

2 Je vais quitter la France la semaine prochaine.(voyager en France) 我下個禮拜就要離該法國了。（到法國旅行）

---

3 J'aime bien faire du shopping au marché aux puces.(marché aux fleurs) 我蠻喜歡逛跳蚤市場。（花市）

---

4 Ce qui compte, c'est la qualité.(le prix)
重要的是品質。（價錢）

---

5 Qu'est-ce que tu dis?(regardes)
你在說些什麼？（看）

MP3-19

重點單字

❶ radio	*n.f.*	收音機
❷ rapide	*a.*	快的
❸ rat	*n.m.*	老鼠
❹ recevoir	*v.t.*	收到
❺ rêve	*n.m.*	夢
❻ rideau	*n.m.*	窗簾
❼ romantique	*a.*	浪漫的
❽ roi	*n.m.*	國王
❾ rue	*n.f.*	道路
❿ rond,e	*a.*	圓的

❶ J'écoute la radio.
我在聽收音機。

❷ Faites-moi une réponse rapide.
給我一個快速的答案。

❸ On n'aime pas du tout les rats.
我們一點也不喜歡老鼠。

❹ Vous savez comment recevoir les courriers élétroniques?
您知道怎麼收電子郵件嗎？

❺ C'est une voiture de rêve.
這是一部夢想中的車子。

❻ On a besoin de laver le rideau de ma chambre.
我房間的窗簾該洗了。

❼ Paris est une ville romantique.
巴黎是個浪漫的都市。

❽ On apprend l'histoire des rois espagnols aujourd'hui.
我們今天教西班牙國王的歷史。

❾ Il faut faire plus attention dans la rue.
路上行走應格外小心。

❿ Elle a un visage très rond.
她的臉很圓。

Fournitures de bureau(1)/文具（一）

1

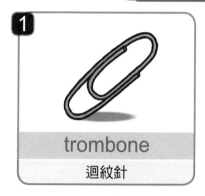

trombone
迴紋針

4

règle
尺

2

agrafeuse
釘書機

5

ciseaux
剪刀

3

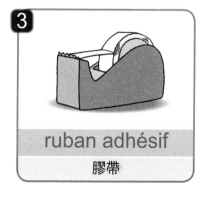

ruban adhésif
膠帶

6

couteau
美工刀

簡單介詞 en、par、pour

介詞 en 可用來表達以下等說法：（1）時間，如：**en** hiver（在冬天）**en** été（在夏天）**en** automne（在秋天），（但是「在春天」用au printemps）、**en** janier（在一月）表月份的介詞一律用en；（2）地方，如：**en** France（在法國）、**en** Asie（在亞洲）；（3）質料，如：**en** bois（木製的）**en** papier（紙製的）；（4）方式，如：Je vais voyager **en** avion/**en** voiture.（我要搭飛機/汽車去旅行）；（5）其他習慣用語，如：**en** solde（打折拍賣）**en** colère（生氣）等等。

介詞par可表達（1）原因，如：Il fait ça **par** sympathie.（他出於同情而這麼做。）；（2）經過的地點，如：Vous pouvez passer **par** le jardin du Luxembourg.（你可以行經盧森堡公園。）；（3）方式、管道，如：On se contacte **par** téléphone.（我們電話聯絡。）；（4）對象，如：Le livre est écrit **par** Camus.（這本書是卡繆寫的。）

介詞 pour 以表達（1）對象，如：J'ai acheté un collier de perles **pour** ma mère.（我買了一條珍珠項鍊給我媽媽。）；（2）目的及目的地，如：Il va partir **pour** la France.（他要前往法國。）；（3）時間，如：Je vais partir **pour** une semaine.（我要離開一個禮拜。）；（4）原因，如：Le musée est fermé **pour** restauration.（美術館因維修而關閉。）、Je l'ai quitté **pour** son infidélité.（我因他的不忠而離開他。）。

1 rat

4 夢

2 roi

5 美工刀

3 道路

6 尺

1 我在聽收音機。

_____

2 巴黎是個浪漫的都市。

_____

3 路上行走應格外小心。

_____

4 給我一個快速的答案。

_____

5 她的臉很圓。

_____

1 _____　　**4** _____

2 _____　　**5** _____

3 _____　　**6** _____

替換練習 參考例句，將括弧的單字替換成句子。

1 L'hiver, c'est une saison romantique.
(Le printemps) 冬天是個浪漫的季節。（春天）

_____

2 Pouvez-vous parler plus vite.(fort)
您說話可以快點嗎？（大聲點）

_____

3 J'ai peur des rats.(cafards)
我怕老鼠。（蟑螂）

_____

4 C'est une voiture de rêve.(un homme de rêve) 這是一部夢想中的車子。（夢中情人）

_____

5 Le roi de France avait beaucoup de pouvoir.(La reine) 法國國王擁有很大的權力。（皇后）

_____

第 19 課 S

重點單字

❶ sac	*n.m.*		袋子
❷ sable	*n.m.*		沙子
❸ sage	*a.*		乖巧的
❹ salade	*n.f.*		沙拉
❺ sel	*n.m.*		鹽
❻ sucre	*n.m.*		糖
❼ semaine	*n.f.*		一星期
❽ solide	*a.*		堅固的；牢固的
❾ sol	*n.m.*		地面
❿ soleil	*n.m.*		太陽

❶ Elle dépense beaucoup d'argent avec les sacs.
她在包包上花了很多錢。

❷ Il y a une grande plage de sable à Canne.
坎城有個大沙灘。

❸ Soyez sage!
乖一點！

❹ Je ne prends que de salades.
我只吃沙拉。

❺ Vous voulez encore du sel?
您還要鹽嗎？

❻ Je voudrais un thé glacé sans sucre.
我要一杯不加糖的冰茶。

❼ A la semaine prochaine!
下個星期見！

❽ Cette table est très solide.
這張桌子很堅固。

❾ Le sol était tout mouillé.
地面整個都濕了。

❿ Le soleil se lève.
太陽昇起了。

Fournitures de bureau(II)/文具（二）

1

crayon
鉛筆

4

papier
紙

2
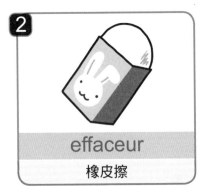
effaceur
橡皮擦

5

stylo à bille
原子筆

3

stylo
鋼筆

6
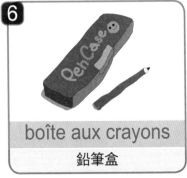
boîte aux crayons
鉛筆盒

命令句

　　命令句用來表達命令或要求的語氣，在命令句中不需要有主詞，命令句的主詞一定都是「我」（je），因此我們把主詞隱藏起來；至於命令的對象，也限定為tu（你）、vous（您/你們）、nous（我們）三個，我們可以從幾的動詞分別來看：

	Tu	Vous	Nous	中文
Se dépêcher 趕緊	Dépêche-toi!	Dépêchez-vous!	Dépêchons-nous!	快一點！
Etre sage 乖	Sois sage!	Soyez sage!	Soyons sage!	乖一點！
Passer la rue 過馬路	Passe la rue!	Passez la rue!	Passons la rue!	過馬路

　　命令句中以 er 結尾的動詞，第二人稱單數（tu）的動詞變化須去除字尾的s。然而，為求發音上的順暢，aller 這個動詞的命令式後面承接代名詞 en 或 y 時，必須保留動詞後面的s，然後以連音的方式，將命令句中的兩個單字一口氣唸出來，例如：Vas-y！去吧！

1 sage

4 堅固的

2 sable

5 袋子

3 太陽

6 鉛筆

造句練習 試著把它們的法文寫出來吧！

1 乖一點！

_____

2 我只吃沙拉。

_____

3 下個星期見！

_____

4 這張桌子很堅固。

_____

5 您還要鹽嗎？

_____

1 ＿＿＿＿＿＿＿＿＿＿＿ **4** ＿＿＿＿＿＿＿＿＿＿＿

2 ＿＿＿＿＿＿＿＿＿＿＿ **5** ＿＿＿＿＿＿＿＿＿＿＿

3 ＿＿＿＿＿＿＿＿＿＿＿ **6** ＿＿＿＿＿＿＿＿＿＿＿

替換練習 參考例句，將括弧的單字替換成句子。

1 Elle a acheté beaucoup de sacs en soldes.(de vêtements) 她在打折時買了很多包包。（衣服）

___

2 Je voudrais un thé glacé, s'il vous plaît.(un café au lait) 請給我一杯冰茶。（一杯法式咖啡）

___

3 Soyez sage!(gentil)
乖一點！（友善）

___

4 Les vacances d'été vont arriver dans une semaine. (Les vacances d'hiver) 暑假再過一個禮拜就到了。（寒假）

___

5 Donnez-moi un stylo!(un papier blanc)
給我一支鋼筆！（一張白紙）

___

MP3-21

重點單字

❶ table	*n.f.*		桌子、餐桌
❷ taille	*n.f.*		尺寸
❸ tapis	*n.m.*		地毯
❹ tête	*n.f.*		頭
❺ télévision	*n.f.*		電視
❻ temps	*n.m.*		時間
❼ terrasse	*n.f.*		露天平台
❽ terre	*n.f.*		地面
❾ thé	*n.m.*		茶
❿ théâtre	*n.m.*		劇場

141

❶ C'est une table ronde.
這是一張圓形的桌子。

❷ Quelle est votre taille?
您穿幾號？

❸ C'est un tapis traditionnel de Turquie.
這是一件土耳其的傳統地毯。

❹ Elle a mal à la tête.
她頭痛。

❺ Ne regarde pas la télévision tout le temps!
不要一直看電視！

❻ Que le temps passe vite!
時間過得真快！

❼ On aime boire un verre en terrasse.
我們都喜歡在露天座喝一杯。

❽ La terre est couverte de neige.
地面覆蓋著白雪。

❾ Je prends du thé, merci.
我喝茶，謝謝。

❿ Il est réalisateur de théâtre.
他是劇場導演。

Corps humain/人體

1 tête

頭

4 jambe

腿

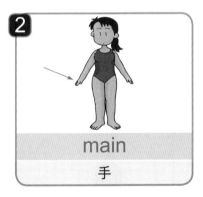

2 main

手

5 ventre

肚子

3 pied

腳、足部

6 poitrine

胸部

Où est ma mère?
我媽媽在什麼地方？

Je ne sais pas où est elle.
我不知道她在哪裡。

疑問句

　　疑問句依照回答方式分：「單純疑問句」和「部份疑問句」。「單純疑問句」的答案限定為 Oui 或 Non 的回答形式，也就是英文的「yes, no問句」。「部分疑問句」是根據問題需要回答某種答案的，這些問題有用來問人的Qui、問事情的Que或Quoi、問地方的Où、問時間的Quand、問數量的Combien、問理由的Pourquoi、問方式的 Comment 以及 Quel（或Quelle、Quels、Quelles）。

　　單純疑問句：

　　Vous avez un papier?（你有一張紙嗎？）→ **Oui**, j'ai un papier.（是的，我有一張紙。）**Vous voulez venir avec moi?**（你要跟我一起來嗎？）**Non**, je ne peux pas.（不了，我沒辦法去。）

　　部分疑問句：

　　Qui **Qui** est-ce?（這是誰？）Que **Que** désirez-vous?（您想要什麼？）Quoi Vous parlez de **quoi**?（您在説什麼？）Qu Vous allez **où**?（您要上那兒去？）Où前面可接介詞使用，如：**D'où** il vient?（他打那兒來的？）Quand **Quand** tu viens?（你什麼時候要來？）Quand前面可接介詞使用，如：**Depuis quand** vous êtes ensemble?（你們從什麼時候開始在一起的？）Combien **Combien** d'argent tu as?（你有多少錢？）Combien 前面可接介詞使用，如：**Depuis combine** de temps vous étes ensemble?（你們在一起多久了？）Pourquoi **Pourquoi** il fait comme ça?（他為什麼這麼做？）Comment **Comment** allez-vous?（您好嗎？）

1 尺寸　　　　　　　　　　**4** tapis

2 頭　　　　　　　　　　　**5** 時間

3 劇場　　　　　　　　　　**6** thé

1 時間過得真快。

---

2 您穿幾號？

---

3 他是劇場導演。

---

4 我喝茶，謝謝。

---

5 她頭痛。

---

1 _____   **4** _____

2 _____   **5** _____

3 _____   **6** _____

替換練習 參考例句，將括弧的單字替換成句子。

1 C'est une table ronde(basse)
這是張圓形的桌子。（矮的）

---

2 On se voit à la terrasse du café au coin de la
rue.(au cinéma) 我們在街角的露天咖啡座見面。（電影院）

---

3 Il est réalisateur de théâtre.(à la télévision)
他是劇場導演。（電視）

---

4 Je me suis cassé la jambe.(le pied)
我弄斷腿了。（腳）

---

5 Quelle est la leçon que tu as apprise
denièrement?(l'histoire) 你最近上的是那一課？（故事）

重點單字

❶ unique	*a.*		唯一的
❷ université	*n.f.*		大學
❸ urgence	*n.f.*		緊急
❹ utile	*a.*		有用的
❺ usine	*n.f.*		工廠
❻ public, que	*a.*	公眾的、公家的	
❼ souple	*a.*		柔軟的
❽ cuir	*n.m.*		皮革
❾ mur	*n.m.*		牆壁
❿ fourchette	*n.f.*		餐叉

❶ C'est un objet d'art unique.
這是件獨一無二的藝術品。

❷ On est étudiants à l'université.
我們是大學生。

❸ Appelez la police en cas d'urgence.
緊急情況下應打電話給警察。

❹ Il est utile, ce dictionnaire.
這本字典很有用。

❺ Elle travaille dans une usine.
她在一家工廠上班。

❻ C'est un bâtiment public.
這是棟公共建築物。

❼ Que c'est souple, ce tissu!
這件料子真是柔軟！

❽ Elle a besoin d'une veste en cuir.
她需要一件皮外套。

❾ Je vais visiter le Mur de Berlin.
我要去參觀柏林圍牆。

❿ Donnez-moi une fourchette.
給我一把餐叉。

Profession/職業

1

police
警察

4

expert-comptable
會計師

2

pompier
消防員

5

fermier
農夫

3

docteur
醫生

6

représentant
業務員

Sophie, tu veux goûter le fromage que je viens d'acheter?

蘇菲，你要嚐嚐我剛買的乳酪嗎？

Non, je n'aime pas le fromage, ça sent fort!

不，我不喜歡吃乳酪，它好臭！

否定句

　　以 non（不）來表達負面的意思，即為最簡單的否定式，例如：Est-ce que Marie est là?（瑪莉在那兒嗎？） **Non**, elle n'est pas là.（不，她不在那兒。）**Non** plus（也不）一樣是屬於簡單否定式，如：Je ne veux pas aller chez elle ce soir（我今晚不想去她家） Moi, **non plus**.（我也不想）。

　　至於常見的ne... pas也是否定式的一種，ne 和 pas 中間必須放一個動詞，也就是你所要否定的那個動詞，如：Ce **n'est pas** bien（這樣並不好）。

　　ne... plus的用法和ne... pas一樣，只不過ne... plus的意思是「不再…」，例如：Je **ne** fume **plus**（我不再抽煙了）。

　　ne... pas encore意思是「尚未…、還沒有…」，例如：Je **n'ai pas encore** préparé mon examen.（我還沒有為考試作準備），另外，Pas encore也可以單獨使用，意思是「還沒有！」，例如：Avez-vous visit la France?（你到過法國嗎？）**Pas encore**!（還沒有！）。

　　ne... jamais意思是「從未…」，例如：Je **ne** suis **jamais allé là**.（我從未到過那裡）。

　　ne... ni... ni... 意思是「既不…也不…」，在ne的否定式中同時表達兩方的否定立場時，我們用ni... ni...，而要否定的那個動作一樣放在ne之後ni之前，例如：Je **n'aime ni** les roses **ni** les violiers.（我既不喜歡玫瑰，也不喜歡紫羅蘭），不過同樣的句子我們也可以說 Je **n'aime** pas les roses **ni** les violiers.

　　這些ne... pas（plus, pas encore, jamais, personne）的否定式用法都一樣，必須在中間放進一個你所要否定的動詞。

1 usine

4 牆壁

2 urgence

5 皮革

3 柔軟的

6 police

造句練習 試著把它們的法文寫出來吧！

1 這是件獨一無二的藝術品。

_____

2 這本字典很有用。

_____

3 我要去參觀柏林圍牆。

_____

4 給我一把餐叉。

_____

5 她需要一件皮外套。

_____

1 _____   **4** _____

2 _____   **5** _____

3 _____   **6** _____

替換練習 參考例句，將括弧的單字替換成句子。

1 Elle travaille dans une usine de mobilier.(une boutique) 她在一家傢俱工廠上班。（一家店鋪）

2 J'aimerais être docteur plus tard.(représentant) 我將來想當醫生。（業務員）

3 Je ne veux pas aller chez elle ce soir. (au restaurant) 我今晚不想去她家。（上館子）

4 Ils vont visiter le Mur de Berlin pendant leurs vacances d'été .(le Musée d'Orsay) 他們暑假要去參觀柏林圍牆。（奧賽美術館）

5 Il nous manque encore une cuillère. (une fourchette) 我們還少一把湯匙。（叉子）

重點單字

❶ vacances	*n.pl.*		假期
❷ vache	*n.f.*		母牛
❸ veau	*n.m.*		小牛
❹ véhicule	*n.f.*		交通工具
❺ vent	*n.m.*		風
❻ verre	*n.m.*		玻璃杯
❼ veste	*n.f.*		短外套
❽ vie	*n.f.*		生命
❾ vin	*n.m.*		葡萄酒
❿ voix	*n.f.*		聲音

❶ Nous allons avoir un mois de vacances cette année.
我們今年將有一個月的假期。

❷ Ce garçon est gros comme une vache.
那個男孩子實在真胖。

❸ C'est un sac en cuir de veau.
這是小牛皮做的皮包。

❹ Qu'est-ce que vous allez prendre comme véhicule ?
您要搭乘什麼樣的交通工具？

❺ C'est agréable quand il y a du vent.
起風時的天氣真舒服。

❻ J'ai besoin d'un verre d'eau.
我需要一杯水。

❼ J'ai laissé ma veste dans le bureau.
我把我的外套留在辦公室。

❽ C'est la vie!
人生便是如此！

❾ On fait du bon vin à Saint-Emilion.
Saint-Emilion 這個地方出產好的葡萄酒。

❿ Il parle avec une voix grave.
他說話的聲音很低沉。

Les fleurs/花

1

rose

玫瑰花

4

tournesol

向日葵

2

iris

鳶尾花

5

muguet

鈴蘭

3

belle-de-jour

牽牛花

6

lis

百合

感嘆句

　　感嘆句一般以幾個感嘆詞作為起始，或在句中出現包括 Que、Quel（s）、Quelle（s）、Comme、Tellement、Si的感嘆詞，用以表達情緒上的喜怒哀樂，或讚嘆、驚訝等感情。我們一一舉例說明：

　　Que 的用法有兩種，（1）Que＋主詞＋動詞，**Que** c'est bon!（這真好吃！）；或（2）Que＋de＋名詞，**Que** de voitures!（到處都是車！）

　　Quel（s）或 Quelle（s）之後可接名詞或形容詞，例如：Quel homme!（什麼男人嘛！）**Quel** film!（什麼片子嘛！）這是接名詞的情況；而接形容詞時，例如：**Quelle** belle maison que vous avez!（你們的房子真是漂亮啊！）

　　Comme 的用法和Que的第一種用法一樣，也是Comme＋主詞＋動詞，例如：**Comme** il est gentil!（他人真好！）、**Comme** il fait beau!（天氣真好！）

　　Tellement 和Si 的意思差不多，都是「…真是…」，例如：Que c'est **tellement** bon!（這真是美味！）、Tu es **tellement** intelligent!（你真是聰明！）或 Que c'est **si** cher!（這真是貴啊！）、Elle est **si** belle!（她真是漂亮啊！）

　　最後要提醒您的是，所有的感嘆句在標點符號上一律使用驚嘆號（！）。

1 假期

4 生命

2 玻璃杯

5 風

3 voix

6 vin

1 那個男孩子實在真胖。

---

2 起風時的天氣真舒服。

---

3 人生便是如此！

---

4 我需要一杯水。

---

5 他說話的聲音很低沉。

---

1 _____ **4** _____

2 _____ **5** _____

3 _____ **6** _____

替換練習 參考例句，將括弧的單字替換成句子。

1 C'est un sac en cuir de veau.(soie)
這是小牛皮做的皮包。（絲）

_____

2 On va boire un verre après le cinéma.(un café)
我們看完電影之後要去喝一杯。（喝杯咖啡）

_____

3 J'ai pris un bouquet de roses ce matin au
marché.(tournesols) 我今早在市場買了一束玫瑰花。（向日葵）

_____

4 Il parle avec une voix grave.(haute)
他說話的聲音很低沉。（高亢）

_____

5 Nous allons avoir un mois de vacances cette
année.(trois semaines) 我們今年將有一個月的假期。（三
個星期）

_____

MP3-24

重點單字

❶ rédowa	*n.f.*		雷多瓦舞
❷ wagon-restaurant	*n.m.*	（火車上的）餐車
❸ week-end	*n.m.*		週末
❹ clownerie	*n.f.*		滑稽
❺ hawaïen,ne	*a.*		夏威夷的
❻ interview	*n.f.*		訪問
❼ sandwich	*n.m.*		三明治
❽ hollywoodien, ne	*a.*		好萊塢的
❾ chewing-gum	*n.m.*		口香糖
❿ kiwi	*n.m.*		奇異果

❶ J'apprends la rédowa depuis cinq ans.
我學雷多瓦舞有五年時間。

❷ Dans ce train, il y a un wagon-restaurant.
這輛火車提供餐車服務。

❸ Qu'est-ce que vous avez fait ce week-end?
這個週末你們做了些什麼？

❹ Il est très fort en clowneries.
他對於作滑稽的動作非常拿手。

❺ Je voudrais une pizza hawaïenne.
我要一客夏威夷比薩。

❻ Je vais faire une interview à la société Z.
我要到 Z 公司面談。

❼ Que c'est bon, ce sandwich américain!
這個美式三明治真好吃！

❽ C'est un film du style hollywoodien.
這是一部好萊塢式電影。

❾ Il mâchouille toujours un chewing-gum.
他總是嚼著口香糖。

❿ Combien ça coûte, le kiwi ?
奇異果怎麼賣？

toilette/清潔用品

1
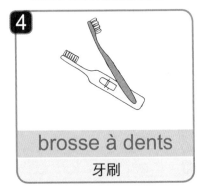
miroir
鏡子

4
brosse à dents
牙刷

2

savon
肥皂

5
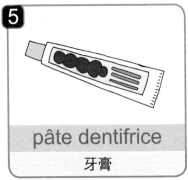
pâte dentifrice
牙膏

3

peigne
梳子

6

cuvette de toilette
臉盆

Est-ce que Sophie est plus grande que toi?
蘇菲比妳高嗎？

Oui, elle est plus grande que moi.
是的，她比我高。

比較級&最高級

　　最高級的表達方式包括，（1）le/la/les plus或le/la/les moins＋形容詞，如：Il est l'homme **le plus grand** ici.（他是這裡最高的人。）；（2）動詞＋le plus 或le moins，如：Elle dort **le moins.**（她睡最少。）；（3）le plus 或 le moins＋副詞，如：Ce sont les livres qu'il a **le plus** sévèrement critiqués.（這些是他最嚴厲地批評過的書）；（4）le plus de 或 le moins de+名詞，如：Je gagne **le plus d'**argent.（我賺最多錢。）。

　　另外，有幾個不規則式最高級必須特別熟記：bon→le meilleur、bien→le mieux、petit→le plus petit 或 le moindre、mauvais→le plus mauvais 或 le pire。

　　比較級主要有：plus、aussi、autant、moins，使用規則如下：

　　（1）plus/aussi/moins＋形容詞＋que，如：Il est **plus** gros **que** moi.（他比我胖。）

　　（2）動詞＋plus/autant/moins＋que，如：Elle travaille **autant que** moi.（她和我一樣用功。）

　　（3）plus de / autant de / moins de +名詞＋que，如：Il a **moins de** vingt ans.（他不到二十歲。）

　　另外我們還要介紹（1）動詞＋de plus en plus（越來越多）/ de moins en moins（越來越少），例如：Il lit **de plus en plus.**（他書讀得越來越多。）；（2）de plus en plus de / de moins en moins de＋名詞，例如：Il y a **du moins en moins** de monde.（人越來越少了。）；（3）de plus en plus / de moins en moins + 形容詞，例如：Aujourd'hui, les gens sont **de moins en mois** polis.（現在的人越來越沒有禮貌。）

1 滑稽　　　　　　　　　**4** miroir

2 訪問　　　　　　　　　**5** brosse à dents

3 梳子　　　　　　　　　**6** 肥皂

造句練習　試著把它們的法文寫出來吧！

1 這個週末你們做了些什麼？

_____

2 這是一部好萊塢式電影。

_____

3 他總是嚼著口香糖。

_____

4 奇異果怎麼賣？

_____

5 我要一客夏威夷比薩。

_____

1 ＿＿＿＿＿＿＿＿＿＿　　**4** ＿＿＿＿＿＿＿＿＿＿

2 ＿＿＿＿＿＿＿＿＿＿　　**5** ＿＿＿＿＿＿＿＿＿＿

3 ＿＿＿＿＿＿＿＿＿＿　　**6** ＿＿＿＿＿＿＿＿＿＿

替換練習 參考例句，將括弧的單字替換成句子。

1 Est-ce que je peux utiliser ton miroir?(ta cuvette de toilette) 我可以用你的鏡子嗎？（你的臉盆）

＿＿＿＿＿＿＿＿＿＿＿＿＿＿＿＿＿＿＿＿＿＿

2 Il ne trouve plus sa brosse à dents.(sa pâte dentifrice) 他找不到他的牙刷。（他的牙膏）

＿＿＿＿＿＿＿＿＿＿＿＿＿＿＿＿＿＿＿＿＿＿

3 C'est un film du style hollywoodien.(style français) 這是一部好萊塢式電影。（法式）

＿＿＿＿＿＿＿＿＿＿＿＿＿＿＿＿＿＿＿＿＿＿

4 J'apprend la rédowa depuis cinq ans.(le ballet) 我學雷多瓦舞有五年時間。（芭蕾舞）

＿＿＿＿＿＿＿＿＿＿＿＿＿＿＿＿＿＿＿＿＿＿

5 Combien ça coûte, le kiwi?(ce peigne) 奇異果怎麼賣？（這把梳子）

＿＿＿＿＿＿＿＿＿＿＿＿＿＿＿＿＿＿＿＿＿＿

第 24 課 X

重點單字

❶ examen	*n.m.*	考試
❷ exprimer	*v.t.*	表達
❸ lexique	*n.m.*	詞彙
❹ extrait	*n.m.*	精華、粹取物
❺ exception	*n.f.*	例外
❻ bijou	*n.m.*	珠寶、首飾
❼ texte	*n.m.*	著作、文學作品
❽ complexe	*a.*	複雜的
❾ mieux	*adv.*	更好地
❿ sérieux,se	*a.*	嚴肅的、莊重的

❶ Je suis en train de préparer l'examen du français.
我正在準備法文考試。

❷ La chanson exprime une pensée profonde.
這首歌表達一種深刻的思想。

❸ J'ai appris beaucoup de lexiques aujourd'hui.
我今天學到許多詞彙。

❹ Il sent très bon, cet extrait de rose.
這瓶玫瑰香精聞起來好香。

❺ Ce fait est une exception.
這件事是個例外。

❻ Elle n'a jamais acheté un bijou.
她從未買過珠寶。

❼ Il étudie ce texte depuis des années.
他研究這篇作品已有多年時間。

❽ Tu m'as posé une question complexe.
你跟我提出了個難題。

❾ Elle me connait mieux maintenant.
她現在比較了解我了。

❿ Mon professeur est un homme très séieux.
我的老師是個非常嚴肅的人。

Desserts/甜點

1

gâteau

蛋糕

4

pudding

布丁

2

biscuit

餅乾

5

chocolat

巧克力

3

glace

冰淇淋

6

beignet

甜甜圈

Renault, est-ce que je peux t'emprunter 50 euros?
雷諾，我可以跟你借五十毆元嗎？

Je suis désolé, je veux bien t'aider, mais je n'ai pas d'argent.
對不起，我很想幫妳，但是我沒有錢。

文法視窗

連接詞有兩種，一種是並列連接詞，另一種叫從屬連接詞，我們這一課所要介紹的，是連接詞當中最基本而最常用的幾個並列連接詞 et 和mais。

（一）**et**

可表示「且、和」的意思，當et連接兩個名詞或兩組名詞時，動詞必須改為複數，例如：J'ai deux enfants, Marie **et** Jacque.（我有兩個孩子，瑪莉和傑克。）→ Marie **et** Jacque sont mes deux enfants.（瑪莉和傑克是我的兩個孩子。）

et也有「可是、然而」或「那麼」的意思，在句子當中有承上接下的意味，例如：J'ai trouvé un très bon restaurant **et** il n'est pas encore publié sur la presse.（我找到一家很好吃的餐廳，可是尚未被媒體報導過。）、**Et** alors?（那麼，又怎樣呢？）

et 在做某種解釋時，有「所以」的意思，例如：Je suis en retard, **et** je suis désolé.（我遲到了，所以我很抱歉。）

（二）mais

在表達對立的情況時，可解釋成「可是、但是、不過」，例如：J'aime beaucoup ce vêtement, **mais** je n'ai pas assez d'argent.（我很喜歡這件衣服，但是我沒有足夠的錢。）

mais 也有「而是」或「那麼」的意思，在句子當中有承上接下意味，例如：Ce n'est pas qu'il est intelligent, **mais** qu'il travaille beaucoup.（他不是聰明，而是他很用功）、**Mais** qu'est-ce que tu parles?（那麼你在說些什麼？）

1 lexique

4 餅乾

2 extrait

5 蛋糕

3 甜點

6 exception

造句練習 試著把它們的法文寫出來吧！

1 我正在準備法文考試。

_____

2 我今天學到許多詞彙。

_____

3 這件事是個例外。

_____

4 他研究這篇作品已有多年時間。

_____

5 她從未買過珠寶。

_____

1 _____ **4** _____

2 _____ **5** _____

3 _____ **6** _____

替換練習 參考例句，將括弧的單字替換成句子。

1 La chanson exprime une pensée profonde.
(Le texte) 這首歌表達一種深刻的思想。（這篇文章）

_____

2 Il sent très bon, cet extrait de rose.(iris)
這瓶玫瑰香精聞起來好香。（鳶尾花）

_____

3 Mon professeur est un homme très sérieux.
(intéressant) 我的老師是個非常嚴肅的人。（有意思的）

_____

4 J'ai pris un gâteau ce matin.(des biscuits)
我今天早上吃了一塊蛋糕。（一些餅乾）

_____

5 Je demande toujours un dessert après le repas.
(une tasse de café) 我餐後總會點一客甜點。（一杯咖啡）

_____

重點單字

❶ moyen	*n.m.*		方法、手段
❷ style	*n.m.*		風格、特色
❸ pyramide	*n.f.*		金字塔
❹ mystère	*n.m.*		神秘、謎
❺ bicyclette	*n.f.*		腳踏車
❻ dynamique	*a.*		有活力的
❼ envoyer	*v.t.*		寄、送
❽ sympathique	*a.*		和善的
❾ yaourt	*n.m.*		優格
❿ joyeux,se	*a.*		喜悅的

❶ Ils cherchent un moyen pour résoudre ce problème.
他們在找解決問題的方法。

❷ Quel est le style de ce bâtiment?
這棟建築物是什麼風格？

❸ La pyramide du Louvre est un monument connu en France.
羅浮宮的玻璃金字塔是法國知名的景點。

❹ Il est attaché au mystère de la religion.
他對宗教的神秘很著迷。

❺ Je prends la bicyclette pour aller au marché.
我騎腳踏車到市場。

❻ Mon fils est un garçon dynamique.
我兒子是有活力的男孩。

❼ Je vais lui envoyer un cadeau.
我要送一件禮物給她。

❽ C'est une fille sympathique avec tout le monde.
她是個對每個人都很友善的女孩。

❾ C'est un yaourt fait à la maison.
這是自家製的優格。

❿ Je suis content de vous voir.
我很開心看到你。

Appareilsé lectro-ménagers/ 家電

1

frigo
電冰箱

4
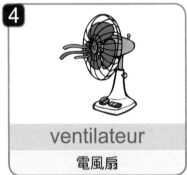
ventilateur
電風扇

2

machine à laver
洗衣機

5

radiateur
暖爐

3

télévision
電視機

6

aspirateur
吸塵器

Madame,
vous avez une très jolie fille.
夫人，您的女兒長得真漂亮。

Merci, mais ce n'est
pas une fille, c'est un garçon!
謝謝，不過他是男孩不是女孩！

強調語句

　　當我們在句子當中想要強調某個名詞、代名詞、形容詞或副詞等等時，可以用三種方式加以完成：

　　（1）所欲強調的名詞或代名詞移到句首，並以逗號加以區隔，如：Je ne ferai pas ça.→ **Moi**, je ne ferai pas ça.（我不會這麼做。）La natation est un sport.→ **La natation**, c'est un sport.（游泳是一種運動。）

　　（2）利用c'est 來強調，文法上是c'est + 關係代名詞，如：J'ai choici ce cadeau pour vous.→ **C'est moi** qui ai choisi ce cadeau pour vous.（我選了這份禮物給您。）

　　Je n'ai pas réussi l'examen du français.→ **C'est l'examen du français** que je n'ai pas réussi.（我沒有通過法文考試。）

　　（3）將所要強調的形容詞或副詞移到句首，同樣以逗號加以區隔，如：

　　Ce moyen est intelligent！→ **Intelligent**, ce moyen!（這個方法真聰明！）

　　Il marche rapidement!→**Rapidement**, il marche!（他走得很快！）

1 方法　　　　　　　　**4** 電冰箱

2 風格　　　　　　　　**5** radiateur

3 腳踏車　　　　　　　**6** envoyer

造句練習 試著把它們的法文寫出來吧！

1 這棟建築物是什麼風格？

_____

2 我騎腳踏車到市場。

_____

3 我兒子是個有活力的男孩。

_____

4 我要送一件禮物給她。

_____

5 我很開心看到你。

_____

1 _____   **4** _____

2 _____   **5** _____

3 _____   **6** _____

替換練習 參考例句，將括弧的單字替換成句子。

1 Ils cherchent un moyen efficace.(rapide)
他們在找有效的辦法。（快速的）

_____

2 La pyramide du Louvre est un monument important en France.(La Tour Eiffel)
羅浮宮的玻璃金字塔是法國重要的景點。（艾菲爾鐵塔）

3 Je prends la bicyclette pour aller au marché.(à la piscine) 我騎腳踏車到市場。（游泳池）

_____

4 Je vais lui envoyer un cadeau.(une lettre)
我要送一件禮物給她。（一封信）

_____

5 Je suis content de vous voir.(étonné)
我很開心看到你。（驚訝的）

_____

182

第 26 課 Z

MP3-27

重點單字

❶ lézard	*n.m.*		蜥蜴
❷ zone	*n.m.*		地帶、地區
❸ chez	*prép*	在⋯家裡、在⋯地方	
❹ assez	*adv.*		足夠、相當
❺ zoo	*n.m.*		動物園
❻ zut	*interj.*		呸！
❼ bizarre	*a.*		奇怪的
❽ nez	*n.m.*		鼻子
❾ jazz	*n.m.*		爵士樂
❿ gaz	*n.m.*		氣體、瓦斯

❶ Marie a un sac en lézard.
瑪莉有一只蜥蜴皮做的包包。

❷ Ici, c'est une zone non-fumeur.
這裡是非吸煙區。

❸ Je vais rentrer chez moi.
我要回家了。

❹ J'en ai assez!
我受夠了！

❺ Ma fille a envie de visiter le zoo ce week-end.
我女兒這個週末想要去動物園。

❻ Zut! Quel malheur!
呸！真倒楣！

❼ Il fait un temps bizarre.
這天氣真是奇怪。

❽ Il a un gros nez.
他有隻胖胖的鼻子。

❾ Elle joue très bien du piano-jazz.
她爵士鋼琴彈得很好。

❿ Il travaille dans une compagnie du gaz.
他在一家煤氣公司上班。

dans un jour/生活作息

1

dormir
睡覺

4

manger
吃飯

2

se lever
起床

5

s'habiller
穿衣服

3

se laver
洗臉、洗澡

會話園地

Chéri, nous allons faire un pique-nique demain?
親愛的，明天我們一起去野餐好不好？

Je vais y réfléchir.
讓我考慮一下。

　　所謂非人稱補語包括「en」和「y」，在法文的句子當中，有時候為了避免句子過於冗長，我們可以將「de＋無生命名詞」整個詞組省略，再以一個en代替，例如：Je suis triste **de sa mort.**→ J'**en** suis triste.（我對他的死感到很難過）　J'entends trés bien **des bruits.**→ J'**en** entends trés bien.（這些噪音我聽得很清楚。）

　　同樣地，當我們想精簡一個過於冗長的句子時，若句中出現「à＋無生命名詞」時，則可以用「y」來加以取代，例如：Je suis allé **à la piscine** avec elle.→ J'**y** suis allé avec elle.（我和她一塊兒到游泳池。）Elle va réfléchir **à ce conseil.**→Elle va **y** réfléchir.（她會考慮這個建議。）

　　除此之外，y 還可以取代「chez、dans、en、sur、sous＋地方補語」的詞組，舉例來説：Marie travaille **dans la société F**, et moi aussi, j'**y** vais travailler aprés mes études.（瑪莉在F公司上班，而我，我在畢業之後也要到那家公司上班。）On va **chez Pierre.** → On **y** va.（我們要到皮耶家。）

1 lézard

4 gaz

2 奇怪的

5 足夠、相當

3 呸!

6 chez

造句練習 試著把它們的法文寫出來吧！

1 瑪莉有一只蜥蜴皮做的包包。

---

2 這裡是非吸煙區。

---

3 我受夠了！

---

4 這天氣真是奇怪。

---

5 我要回家了。

---

1 _____   **4** _____

2 _____   **5** _____

3 _____   **6** _____

替換練習 參考例句，將括弧的單字替換成句子。

1 Il est bizarre de dire ça.(incroyable)
這麼說真是奇怪。（不可思議）

---

2 Elle joue trés bien du piano-jazz.(piano classique)
她爵士鋼琴彈得很好。（古典鋼琴）

---

3 Il travaille dans une compagnie du gaz.
(compagnie étrangèe) 他在一家煤氣公司上班。（外商公司）

---

4 Ce matin, je me lève à sept heures.(dix heures)
今天早上我七點鐘起床。（十點）

---

5 On va manger chez ma mère ce soir.
(chez ses parents) 我們今晚要到我媽媽家吃飯。（他父母家）

會話篇

 打招呼用語

❶ Bonjour.

你好；日安。

> 小秘密 這句話基本上一天只對同一人說一次，從清晨到傍晚五點左右的問候語。

---

❷ Bonsoir.

晚上好。

> 小秘密 這句話也是一天只對同一人說一次，傍晚五點到凌晨十二點左右適用。

---

❸ Bonne nuit.

晚安。

> 小秘密 只有在晚上就寢前或說再見時適用。

---

❹ Salut.

你好；再見。

> 小秘密 這個說法相當口語，在年輕人之間常用，不限定同樣對象的使用次數，剛見面打招呼，或離開時說再見都可以使用。

---

❺ Ça va?

你好嗎？

> 小秘密 你好嗎？還有兩種常用的說法是Comment ça va？和Comment allez-vous？這幾句都是問候對方的用法，差別在於Comment allez-vous的vous是敬語「您」，其他兩句的使用對象是「你」或「妳」。

---

❻ Au revoir !

再見！

❼ À demain !

明天見！

❽ A tout à l'heure !

等會兒見！

❾ A bientôt !

改天見！

❿ Ciao !

再見！

小秘密 義大利的打招呼、致意用語，法國日常生活當中經常使用。

第 2 章　自我介紹用語

❶ Comment vous appelez-vous?

您叫什麼名字？

> 小秘密 詢問他人姓名的說法還有：Quel est votre nom, s'il vous plaît?
> Vous vous appelez comment?

❷ Je m'appelle Isabelle.

我的名字叫伊莎貝爾。

> 小秘密 也可以說：Je suis Isabelle。

❸ Je vous présente Vincent.

我來向您介紹樊尚。

❹ Il est chinois.

他是中國人。

❺ Quel âge avez-vous?

您幾歲了？

❻ J'ai vingt ans.

我二十歲。

---

❼ Qu'est-ce que vous faites?

您是做什麼的？（您的職業是什麼？）

---

❽ Je suis journaliste.

我是記者。

---

❾ Je travaille dans une banque.

我在銀行工作。

---

❿ Enchanté.

很高興認識您。

小秘密 也可以說 Il est ravi de vous connaître.

第 **3** 章　慶祝與道賀用語

❶ Félicitations!

恭喜了！

> 小秘密 類似的說法還有：Mes félicitations！或 Je vous félicite.

---

❷ Bonne année!

新年快樂！

---

❸ Joyeux Noël!

聖誕快樂！

---

❹ Bon anniversaire!

生日快樂！

---

❺ Bonne fête!

節慶快樂！

> 小秘密 所有的節慶，不管是復活節、聖誕節、新年… 都可以用這個說法。

❻ Meilleurs voeux.

誠摯的祝福。

❼ Joyeuse Saint Valentin！

情人節快樂！

❽ Vous avez la fève！

您真幸運！

❾ Je vous souhaite une bonne journée.

我祝您有個美好的一天。

❿ Je vous présente mes voeux.

我向您致上我的祝福。

 道歉與責罵用語

 MP3-31

❶ Pardon !

對不起！

小秘密 也可以說Je vous demande pardon!表示因打擾到他人而請求
他人原諒，或請人幫忙、請人重複剛剛說過的話。

---

❷ Je suis désolé.

我很抱歉、我很遺憾。

---

❸ Excusez-moi.

原諒我。

小秘密 如果對方是熟人，通常用Excuse-moi.

---

❹ Je regrette.

我很遺憾。

---

❺ Je suis confus.

我很慚愧。

---

❻ Je me sens coupable.

我覺得有罪惡感。

---

❼ C'est trop!

這太過分了！

---

❽ Tu dépasses!

你太超過了！

---

❾ J'en ai assez!

我受夠了！

---

❿ Ça me dérange!

這對我很困擾！

 MP3-32

❶ Merci.

謝謝。

- -

❷ Vous êtes gentil.

您人真好。

- -

❸ Vous êtes formidable !

真是了不起！

小秘密 也可以用extraordinaire 或 incroyable 代替 formidable。

- -

❹ Ça me fait très plaisir !

這令我很高興！

- -

❺ C'est bien !

很好！

- -

❻ C'est génial !

真棒！

❼ Que c'est bon !

這真是美味啊！

小秘密 Que c'est +形容詞：這真是～啊！

❽ Vous avez vraiment la classe !

你真夠格調！（你真上道！）

❾ De rien.

這沒什麼。

❿ Je vous en prie.

不客氣。

 MP3-33

❶ Je t'aime.

我愛你。

- -

❷ Je suis amoureux de toi.

我愛上你了。

- -

❸ Je t'aime comme un fou.

我瘋狂地愛著你。

- -

❹ Tu me manques.

我想你。

小秘密 也可以說Je pense à toi.

- -

❺ Mon amour.

我心愛的。

小秘密 類似的說法還有Ma chérie（我親愛的）、Mon bien-aim （我的心上人）。

- -

❻ Tu es ma petite fleur.

妳是我的小花兒。

> 小秘密 這樣的比喻必須由戀愛中的人自己發揮創意，我的小天使、我的小蛋糕、我的小蝴蝶…都是情人之間常用的暱稱。

❼ Que tu es charmant!

你真是迷人！

❽ Comme je suis heureux!

我是多麼地幸福啊！

❾ Vous vous mariez avec moi?

您願意嫁給我嗎？

❿ Tu m'aimes?

你愛我嗎？

MP3-34

❶ Allô bonjour... c'est bien chez Dupin?

哈囉，你好… 這裡是迪潘家嗎？

❷ Je voudrais parler à Monsieur Dupin.

我要找迪潘先生。

小秘密 也可以說，Je demande Monsieur Dupin, s'il vous plaît.

❸ Puis-je parler avec Monsieur Dupin?

我可以和迪潘先生講話嗎？

❹ Ne quittez pas, je vous le passe.

別掛斷，我幫你轉給他。

❺ Un instant, s'il vous plaît.

請等一下。

小秘密 也可以說，Un moment, s'il vous plaît，或Attendez un instant、
Attendez un moment。

❻ Il n'est pas là, je peux laisser un message?

他不在，我可以幫您留話嗎？

❼ Oui, c'est moi-même.

是的，就是我本人。

小秘密 這句話也可以說Je vous écoute（我在聽），表示你要找的就是我本人。

❽ Qui est à l'appareil?

您是哪位？

小秘密 也可以說，Qui est-ce？Qui êtes-vous? Qui est là? Qui est-ce qui parle?

❾ Vous faites un faux numéro.

您打錯電話了。

❿ Je suis désolé, je me suis trompé.

很抱歉，我弄錯了。

 聊天用語

❶ Salut! ça va?

嗨！還好嗎？

---

❷ Tiens, c'est Michelle!

瞧，是米雪兒耶！

---

❸ On boit un verre?

去喝一杯吧？

---

❹ Tu es libre ce soir?

你今晚有空嗎？

---

❺ J'ai rendez-vous avec Jacques.

我和傑克有約。

---

❻ Qu'est qu'on fait ce week-end?

我們這個週末要做些什麼？

❼ Je vais dans une colonie de vacances en France cet été.

今年夏天我要到法國上暑假學校。

❽ Il faut prendre vingt cours obligatoires ce semestre.

這個學期要修二十個必修學分。

❾ Emma sèche le cours de mathéatiques ce matin.

艾瑪今早的數學課曠課了。

❿ Ce n'est pas grande chose.

這沒什麼大不了的。

第 9 章　搭交通工具用語

 MP3-36

❶ Comment aller à l'aéroport?

機場怎麼去？

---

❷ Je vais chercher mes parents à l'aéroport.

我要到機場接我爸媽。

---

❸ J'ai un bagage à enregistrer.

我有一件行李要拖運。

---

❹ Et voilà votre carte d'embarquement.

這是您的登機證。

---

❺ Je voudrais un billet pour Lyon.

我要一張到里昂的車票。

---

❻ Aller simple?

單程票嗎？

❼ Aller-retour.

來回票。

❽ Est-ce qu'il y a un métro par ici?

這附近有地鐵嗎？

❾ Est qu'il y a un arrêt de bus au coin?

附近有公車站嗎？

❿ Je voudrais une carte orange.

我要買一張月票。

小秘密 billet 和 coupon都是車票的意思，而 carnet 指的是回數票或套票。

 **餐廳用語**

❶ Je voudrais faire une réservation pour deux personnes.

我要訂兩個位子。

---

❷ Vous désirez?

您要點些什麼？

---

❸ Je peux vous aider?

我可以為您做些什麼服務嗎？

---

❹ Je voudrais un bifteck, s'il vous plaît.

請給我一份牛排。

---

❺ C'est bon!

真好吃！

---

6 Désirez-vous encore du pain?

您還要麵包嗎？

7 Qu'est-ce que vous voulez comme dessert?

您要吃什麼甜點？

8 J'ai soif.

我口渴了。

9 Un verre d'eau minérale non gazeuse, s'il vous plaît.

請給我一杯沒有汽泡的礦泉水。

10 L'addition, s'il vous plaît.

請買單。

 MP3-38

❶ Combien ça coûte?

多少錢？

- -

❷ C'est cher!

好貴呀！

- -

❸ Je vais réfléchir.

我再考慮考慮。

- -

❹ Vous prenez la carte de crédit?

您收信用卡嗎？

- -

❺ Pour vous ou pour offrir?

自己用還是要送人的？

- -

❻ Je vais faire des courses au supermarché.

我要到超市去買東西。

❼ Est-ce que je peux essayer cette jupe?

我可以試試這件裙子嗎？

❽ Bien-sûr! Quelle est votre taille?

當然！您穿什麼尺寸？

❾ Je porte la taille 36.

我穿三十六號。

❿ C'est un peu grand pour moi.

這對我來説有點大。

第 12 章　問路、求救用語

 MP3-39

❶ Excusez-moi, je cherche la poste, s'il vous plaît?

對不起，請問郵局在哪裡？

---

❷ Vous allez tout droit, et première à gauche.

您先直走，第一個路口左轉。

---

❸ Je suis perdu.

我迷路了。

---

❹ Je peux vous aider?

您需要幫忙嗎？

---

❺ Comment aller au Louvre, s'il vous plaît?

請問羅浮宮怎麼去？

---

❻ Au secours !

救命啊！

❼ Au voleur !

有小偷！

❽ Appelez la police !

叫警察來！

❾ Pouvez-vous m'aider?

您可以幫幫我嗎？

❿ Attention !

小心點！

MP3-40

❶ Je ne me sens pas bien.
我身體不舒服。

---

❷ J'ai mal à la tête.
我頭痛。

---

❸ J'ai mal au ventre.
我肚子痛。

---

❹ Je doit aller voir le médecin.
我得去看醫生。

---

❺ Il a l'air souffrant.
他看起來很痛苦。

---

❻ Où avez-vous mal?

您哪裡不舒服呢？

❼ Ce n'est pas grave.

沒啥嚴重的。

❽ Ne vous inquiétez pas.

不用擔心。

❾ Vous vous reposez un peu.

您休息一下。

❿ Voilà votre prescription médicale.

這是您的用藥處方。

 **銀行用語**

 MP3-41

❶ Je vais changer des devises à la banque.

我要到銀行換外幣。

---

❷ Je voudrais ouvrir un compte, s'il vous plaît.

請幫我開戶。

---

❸ Puis-je tirer un chèque?

我可以開支票嗎？

---

❹ Il faut payer par virement bancaire.

必須利用銀行轉帳來付款。

---

❺ J'ai déposé de l'argent à la banque.

我在銀行存了錢。

---

❻ Voilà votre carte bleue.

這是您的提款卡。

❼ On n'accepte pas les cartes de crédit.

我們不接受信用卡。

❽ Voici votre relevé bancaire.

這是您的帳戶對帳單。

❾ On peut acheter des chèques de voyage à la banque.

我們可以在銀行買旅行支票。

❿ Le taux d'intérêt est plus élevé ici.

這裡的利率比較高。

 工作、洽商用語

 MP3-42

❶ Enchanté.

幸會

---

❷ Je suis représentant commercial de la société Texco.

我是Texco公司的業務代表。

---

❸ Voilà ma carte de visite.

這是我的名片。

---

❹ Je suis en train de chercher un emploi dans le textile.

我正在找紡織方面的工作。

---

❺ J'aimerais vous présenter notre société et nos produits.

我想為您介紹本公司和本公司（的）產品。

---

❻ Vous devez prendre un rendez-vous avec monsieur le Directeur.

您必須和總經理約時間。

❼ Il est midi, on prend du repos.

中午了，我們該休息了。

❽ Jacques a demandé une promotion.

傑克做出升遷要求。

❾ Monsieur Luc est en déplacement commercial.

呂克先生出差去了。

❿ Je vais prendre mes vacances annuelles bientôt.

我即將開始休年假。

數字

 MP3-43

- un
  一
- deux
  二
- trois
  三
- quatre
  四
- cinq
  五
- six
  六
- sept
  七
- huit
  八
- neuf
  九
- dix
  十
- onze
  十一
- douze
  十二

- treize
  十三
- quatorze
  十四
- quinze
  十五
- seize
  十六
- dix-sept
  十七
- dix-huit
  十八
- dix-neuf
  十九
- vingt
  二十
- vingt et un
  二十一
- trente
  三十
- quarante
  四十
- cinquante
  五十

● soixante
六十

● cent
一百

● soixante-dix
七十

● mille
一千

● quatre-vingts
八十

● dix mille
一萬

● quatre-vingt-dix
九十

序數 MP3-44

● premier
第一

● sixième
第六

● deuxième
第二

● septième
第七

● troisième
第三

● huitième
第八

● quatrième
第四

● neuvième
第九

● cinquième
第五

● dixième
第十

時間 MP3-45

● jour
日

● an
年

● mois
月

● lundi
星期一

●	mardi 星期二	●	ce mois-ci 這個月
●	mercredi 星期三	●	le début du mois 月初
●	jeudi 星期四	●	le milieu du mois 月中
●	vendredi 星期五	●	la fin du mois 月底
●	samedi 星期六	●	cette année 今年
●	dimanche 星期日	●	l'année dernière 去年
●	aujourd'hui 今天	●	l'année prochaine 明年
●	demain 明天	●	le trois janvier 一月三日
●	après-demain 後天	●	le dix-sept février 二月十七日
●	hier 昨天	●	le vingt-huit mars 三月二十八日
●	la semaine dernière 上週	●	heure 小時
●	la semaine prochaine 下週	●	minute 分
●	cette semaine 本週	●	seconde 秒
●	le mois dernier 上個月	●	neuf heures 九點

- dix heures trente
  十點半

- quatre heures cinq
  四點五分

- douze heures
  vingt-sept
  十二點二十七分

- une heure moins cinq
  差五分一點（十二點
  五十五分）

月份和四季　　　　　　　　 MP3-46

- janvier
  一月

- septembre
  九月

- février
  二月

- octobre
  十月

- mars
  三月

- novembre
  十一月

- avril
  四月

- décembre
  十二月

- mai
  五月

- printemps
  春

- juin
  六月

- été
  夏

- juillet
  七月

- automne
  秋

- août
  八月

- hiver
  冬

顏色 MP3-47

- noir
  黑色
- violet
  紫色
- blanc
  白色
- vert
  綠色
- gris
  灰色
- rose
  粉紅色
- bleu
  藍色
- marron
  咖啡色
- jaune
  黃色
- orange
  橘色
- rouge
  紅色

方位 MP3-48

- est
  東
- derrière
  在…後
- ouest
  西
- gauche
  左
- sud
  南
- droite
  右
- nord
  北
- sur
  在…上
- devant
  在…前
- sous
  在…下

第1課　A

單字測驗

1. acheter   2. famille
3. 朋友   4. amour
5. 兄弟   6. 機場

造句練習

1. J'ai besoin d'un peu d'air.
2. Quel âge avez vous?
3. Mamam a une grande armoire.
4. Marie est une bonne amie à moi.
5. J'achète un livre.

聽寫測驗

1. air   2. âge
3. abeille   4. frère
5. grand-mère   6. autobus

替換練習

1. Elle achète un stylo.
   她買一枝筆。

3. J'ai deux sœurs.
   我有兩個姊妹。

4. Que c'est désagréable!
   真是不舒服啊！

5. Mon grand-père a une belle maison.
   我爺爺有間漂亮的房子。

第2課　B

單字測驗

1. fraise   2. 樹林
3. 餅乾   4. fruit
5. 牛、牛肉   6. boîte

造句練習

1. Il est fort comme un bœuf.
2. Je mange des biscuits.
3. Sa bourse est très jolie.
4. Mon père travaille dans une banque.
5. On se promène dans le bois.

聽寫測驗

1. bonbon   2. boîte
3. biscuit   4. bœuf
5. pomme   6. fraise

替換練習

1. J'achète des bananes au super-marché.
   我在超市買香蕉。

2. Il a une jolie boîte.
   他有個漂亮的盒子。

3. Vincent travaille dans une banque.
   樊尚在銀行工作。

4. Je mets des biscuits dans le sac.
   我放了一些餅乾在包包裡。

5. La jeune fille mange beaucoup de pommes.
   這小女孩吃很多蘋果。

第3課　C

單字測驗

1. chanson　　2. couleur
3. 櫻桃　　　　4. épinard
5. 鞋子　　　　6. 鑰匙

造句練習

1. Il a l'air calme.
2. J'aime beaucoup les chansons françaises.
3. C'est quelle couleur, ça?
4. Il mange comme un cochon.
5. Le bébé dort dans la chambre.

聽寫測驗

1. cochon　　　2. chambre
3. poivron　　　4. clé
5. chaussure　　6. café

替換練習

1. Qu'est-ce tu prends?
   Je prends un café.
   你喝什麼？我喝咖啡。

2. Je travaille souvent dans la chambre.
   我常在房間做功課。

3. Elle cherche ses clés.
   她在找她的鑰匙。

4. C'est une belle couleur.
   這個顏色很美。

5. C'est du bœuf.
   這是牛肉。

第4課　D

單字測驗

1. docteur　　2. 螞蟻
3. 蝴蝶　　　　4. dessert
5. 圖畫　　　　6. 牙齒

造句練習

1. Je prends une leçon de dessin.
2. Vous voulez un dessert?
3. C'est à dire, il est amoureux de toi!
4. Je suis docteur.
5. Elle a des doigts minces.

聽寫測驗

1. demain　　　2. danser
3. moustique　　4. dire
5. dormir　　　6. insecte

替換練習

1. J'ai mal aux doigts.
   我手指痛。

2. Je fais un dessin de papillon.
   我畫了一張蝴蝶的圖畫。

3. C'est un bon dessert.
   這是個好吃的甜點。

4. On va en discothèque demain.
   我們明天要去舞廳。

5. Il y a beaucoup de mouches chez lui.
   他家裡有很多蒼蠅。

第5課　E

單字測驗

1. église
2. étoile
3. 長頸鹿
4. lapin
5. 學校
6. eau

造句練習

1. Qui est-elle?
2. Nous sommes étudiants à la faculté française.
3. C'est un hôtel cinq étoiles.
4. Je suis allé à l'église hier.
5. Il écoute de la musique.

聽寫測驗

1. musique
2. éléphant
3. espace
4. tigre
5. ours
6. elle

替換練習

1. Il est allé au cinéma hier soir.
   他昨晚去看電影。

2. J'ai vu un ours à la téléision.
   我在電視上看到一隻熊。

3. C'est une école publique.
   這是間公立學校。

4. On mange du lapin au restaurant chinois.
   我們在中國餐廳吃兔肉。

5. Je prends l'ascenseur pour arriver ici.
   我搭電梯到這兒。

第6課　F

單字測驗

1. 裙子
2. robe
3. fleur
4. 窗戶
5. faim
6. fumer

造句練習

1. Il est interdit de fumer ici.
2. Fermez les fenêtres!
3. Vive la France.
4. Elles sentent bonnes, ces fleurs.
5. J'ai faim.

聽寫測驗

1. faim
2. forêt
3. pantalon
4. famille
5. frigo
6. fleur

替換練習

1. J'habite en France.
   我住在法國。

2. Elle est jolie, cette robe.
   這件洋裝真漂亮。

3. Je vais voyager en Europe cet été.
   我今年夏天要到歐洲旅行。

4. Tu peux fermer la porte du frigo?
   你可以把冰箱門關上嗎？

5. C'est l'hiver.
   冬天到了。

第7課　G

單字測驗

1. gymnase   2. 冰淇淋
3. 喉嚨   4. bouche
5. garçon   6. 嚮導

造句練習

1. Elle est gentille avec nous.
2. C'est un garçon de six ans.
3. Les Italiens font beaucoup de gestes en parlant.
4. Je voudrais une glace à la vanille.
5. Je viens de me réveiller.

聽寫測驗

1. guide   2. gentil
3. oreille   4. glace
5. grand   6. tête

替換練習

1. Elle est une petite fille de six ans.
   她是個六歲的小女孩。

2. Elle a de belles mains.
   她有一雙漂亮的手。

3. Je voudrais une glace à la fraise.
   我要一客草莓冰淇淋。

4. Elle est méchante avec nous.
   她對我們很不友善。

5. Elle vient d'acheter des gants.
   她剛剛才買了一雙手套。

第8課　H

單字測驗

1. chaussure   2. 油
3. homme   4. 小時
5. 飯店   6. chapeau

造句練習

1. Nous allons partir demain.
2. Quelle heure est-il?
3. J'habite avec mes parents.
4. Je viens de faire une réservation à l'hôtel Concorde.
5. Combien ça coûte cette bouteille d'huile d'olive ?

聽寫測驗

1. haut   2. hasard
3. bijoux   4. sac
5. humain   6. habiter

替換練習

1. J'habite avec mon ami.
   我和我的男友住在一起。

2. Sophie a une boîte antique.
   蘇菲有個古董盒子。

3. Nous allons partir lundi prochain.
   我們下週一就要出發了。

4. Je viens d'acheter ce chapeau.
   我剛剛才買了這個帽子。

5. Elle travaille dans une banque.
   她在一家銀行工作。

第9課　I

單字測驗

1. idée   2. inconnu
3. 茶   4. vin
5. 邀請   6. île

造句練習

1. J'ai une très bonne idée.
2. Cet homme est un inconnu pour moi.
3. Il m'invite à dîner chez lui.
4. Il cherche des informations à la bibiothèque.
5. J'aime beaucoup la couleur ivoire.

聽寫測驗

1. image   2. instant
3. intéressant 4. jus de fruit
5. ivoire   6. bière

替換練習

1. C'est une idée intéressante.
   這是一個有趣的點子。

2. Je voudrais un jus de fruit, s'il vous plaît.
   請給我一杯果汁。

3. J'aime beaucoup la couleur rouge.
   我很喜歡紅色。

4. Elle est en train de prendre son déjeuner.
   她正在吃午餐。

5. Venez visiter notre parc.
   到我們公園來參觀啊。

第10課　J

單字測驗

1. jambe   2. jeune
3. 遊戲   4. 巴黎人
5. bateau   6. 飛機

造句練習

1. Je préfère la chemise jaune.
2. Ce n'est pas juste.
3. Ça fait 3 jours qu'on est là.
4. Ma jambe est blessée.
5. Cést une jolie maison.

聽寫測驗

1. jardin   2. cuisinier
3. stylo   4. jus
5. taxi   6. jouer

替換練習

1. Il est parisien.
   他是巴黎人。

2. Je préfère la chemise violette.
   我比較喜歡紫色的襯衫。

3. J'aimerais étre un styliste.
   我想成為設計師。

4. Il va prendre l'avion.
   他要坐飛機去。

5. Un jus de fruit, s'il vous plaît.
   請給我一杯果汁。

第11課 K

單字測驗

1. 涼亭 2. peur
3. content 4. 奇異果
5. ski 6. sentiment

造句練習

1. Combien de kilo cela pèse?
2. Pourquoi pas faire du ski ce week-end?
3. On a visité un musée du kimono.
4. Il m'a serré le kiki.
5. Le Tank est une arme militaire.

聽寫測驗

1. se fâcher 2. tank
3. inquiet 4. faire du ski
5. rire 6. musée

替換練習

1. Pourquoi pas aller à la montagne ce week-end?
   這個週末何不去爬山？

2. La pomme est le fruit que j'aime le plus.
   蘋果是我最喜歡的水果。

3. On a visité un musée de la motocyclette.
   我們參觀了一間摩托車博物館。

4. Je peux essayer cette chemise blanche?
   我可以試穿這件白色襯衫嗎？

5. Moi, je déteste la neige.
   我啊，很討厭下雪。

第12課 L

單字測驗

1. l'Espagne 2. lune
3. 書籍 4. lunettes
5. Les Etats-Unis
6. lait

造句練習

1. Il y a une exposition de lapins au marché.
2. Le temps passe très lentement.
3. J'aime lire.
4. C'est un large espace.
5. On n'a plus de lait.

聽寫測驗

1. lapin 2. légume
3. La Corée 4. printemps
5. livre 6. lune

替換練習

1. J'aime aller au cinéma.
   我喜歡看電影。

2. Le temps passe très vite.
   時間過得很快。

3. Je suis né aux Etats-Unis.
   我在美國出生。

4. Il faisait agréable en automne.
   秋天的天氣很舒服。

5. On va apprendre la leçon cinq demain.
   我們明天要上第五課。

第13課　M

單字測驗

1. magasin　　2. mari
3. faire du ski　4. 凶惡的
5. 房子　　6. 女士

造句練習

1. Je suis allé au marché aux fleur.
2. Elle est vendeuse dans un magasin.
3. Qu'elle est mignonne!
4. Qu'est-ce qui arrive?
5. De quoi tu parles?

聽寫測驗

1. mignon　　2. merci
3. magasin　　4. chien
5. cadeau d'anniversaire
6. manteau

替換練習

1. Bonjour monsieur!
   日安，先生！

2. J'ai acheté un manteau pour ma fille.
   我幫我女兒買了一件外套。

3. Il a un chien très mignon.
   他有一隻很可愛的狗。

4. On va faire du ski cet après-midi.
   我們今天下午要去滑雪。

第14課　N

單字測驗

1. équitation 2. naître
3. 幼稚的　　4. 打掃
5. plonger　6. aller à la montagne

造句練習

1. Je ne sais pas nager.
2. C'est naît de dire ça.
3. Joyeux Noël!
4. Je travaille toute la nuit.
5. Il neige.

聽寫測驗

1. nager　　2. naître
3. plonger　　4. aérobic
5. faire de l'équtitation
6. pêcher

替換練習

1. Je ne sais pas pêcher.
   我不會釣魚。

2. Elle est née en Italie.
   她在義大利出生。

3. Je travaille tout l'été .
   我整個夏天都在工作。

4. Maman nous demande de nettoyer la maison.
   媽媽要我們打掃房子。

5. Quelle est votre nationalité?
   你的國籍是哪裡？

第15課　O

單字測驗

1. opéra 　　2. 鳥
3. rouge à lèvres 　4. 叔伯
5. 垃圾 　　6. parfum

造句練習

1. Il ne reste qu'un œuf dans le frigo.
2. Il fait bon à l'ombre des arbres.
3. Je vais aller à l'opéra ce soir.
4. On a besion d'une boîte à ordure.
5. Je n'ose pas lui dire ça.

聽寫測驗

1. œil 　　2. ombre
3. os
4. produits de beauté
5. vernis
6. poudre compacte

替換練習

1. C'est un chat.
   這是一隻貓。

2. On va aller au musée du Louvre.
   我們要到羅浮宮美術館。

3. Je n'ose pas faire ça.
   我不敢這麼做。

4. J'ai reçu un parfum comme cadeau d'anniversaire.
   我收到一瓶香水當作生日禮物。

5. On a besoin d'une boîte aux lettres un peu plus grande.
   我們需要一個大一點的信箱。

第16課　P

單字測驗

1. pays 　　2. pharmacie
3. parapluie 　4. 海
5. 下雨 　　6. pain

造句練習

1. En France,parfois, il faut payer pour aller aux toilettes.
2. Rien n'est parfait.
3. La France est un pays d'Europe.
4. Est-ce qu'il y a une pharmacie par ici?
5. Je voudrais encore du pain, s'il vous plaît.

聽寫測驗

1. papier 　　2. penser
3. prix 　　4. montagne
5. neiger 　　6. arc-en-ciel

替換練習

1. Vous avez un parapluie?
   您有雨傘嗎？

2. Est-ce qu'il y a une rivière par ici?
   這附近有河川嗎？

3. Il neige!
   下雪了！

4. J'aime aller au bord de la mer.
   我喜歡到海邊。

5. Je suis un client ici.
   我是這裡的客人。

第17課　Q

單字測驗

1. quai 　　　2. quotidien
3. 離開 　　　4. queue
5. clavier 　　6. 品質

造句練習

1. Mon chien s'est bless à la queue.
2. De quoi tu parles?
3. Ma copine m'a quitté.
4. Ce qui compte, c'est la qualité.
5. Quelqu'un vient avec moi?

聽寫測驗

1. quoi 　　　2. question
3. ordinateur 　4. écran
5. souris 　　6. quelqu'un

替換練習

1. Mon chien s'est blessé au cou.
   我的狗弄傷了牠的脖子。

2. Je vais voyager en France la semaine prochaine.
   我下個禮拜要到法國旅行。

3. J'aime bien faire du shopping au marché aux fleurs.
   我蠻喜歡逛花市。

4. Ce qui compte, c'est le prix.
   重要的是價錢。

5. Qu 'est-ce que tu regards?
   你在看些什麼？

第18課　R

單字測驗

1. 老鼠 　　　2. 國王
3. rue 　　　4. rêve
5. couteau 　　6. règle

造句練習

1. J'écoute la radio.
2. Paris est une ville romantique.
3. Il faut faire plus attention dans la rue.
4. Faites-moi une réponse rapide.
5. Elle a un visage très rond.

聽寫測驗

1. agrafeuse 　2. rapide
3. ciseaux 　　4. rideau
5. romantique 　6. hiver

替換練習

1. Le printemps, c'est une saison romantique.
   春天是個浪漫的季節。

2. Pouvez-vous parler plus fort ?
   您説話可以大聲點嗎？

3. J'ai peur des cafards.
   我怕蟑螂。

4. C'est un homme de rêve.
   他是個夢中情人。

5. La reine de France avait beaucoup de pouvoir.
   法國皇后擁有很大的權力。

第19課　S

單字測驗

1. 乖巧的　　2. 沙子
3. soleil　　4. solide
5. sac　　6. crayon

造句練習

1. Soyez sage!
2. Je ne prends que de salades.
3. A la semaine prochaine!
4. Cette table est très solide.
5. Vous voulez encore du sel?

聽寫測驗

1. sel　　2. sol
3. effaceur　　4. stylo
5. sage　　6. salade

替換練習

1. Elle a acheté beaucoup de
   vêtements en soldes.
   她在打折時買了很多衣服。

2. Je voudrais un café au lait, s'il
   vous plaît.
   請給我一杯法式咖啡。

3. Soyez gentil!
   友善一點！

4. Les vacances d'hiver vont arri-
   ver dans une semaine.
   寒假再過一個禮拜就到了。

5. Donnez-moi un papier blanc!
   給我一張白紙！

第20課　T

單字測驗

1. taille　　2. tête
3. théâtre　　4. 地毯
5. temps　　6. 茶

造句練習

1. Que le temps passe vite!
2. Quelle est votre taille?
3. Il est réalisateur de théâtre.
4. Je prends du thé, merci.
5. Elle a mal à la tête.

聽寫測驗

1. terrasse　　2. terre
3. temps　　4. pied
5. poitrine　　6. thé

替換練習

1. C'est une table basse.
   這是張矮桌子。

2. On se voit au cinéma du coin
   de la rue.
   我們在街角的電影院見面。

3. Il est réalisateur à la télévision.
   他是電視導演。

4. J'ai cass mon pied.
   我弄斷了腳。

5. Quelle est l'histoire que tu as
   apprise denièrement?
   你最近聽過什麼故事？

第21課　U

單字測驗

1. 工廠　　　2. 緊急
3. souple　　4. mur
5. cuir　　　6. 警察

造句練習

1. C'est un objet d'art unique.
2. Il est utile, ce dictionnaire.
3. Je vais visiter le Mur de Berlin.
4. Donnez-moi une fourchette.
5. Elle a besoin d'une veste en cuir.

聽寫測驗

1. université　　2. fourchette
3. public　　　　4. cuir
5. fermier　　　　6. représentant

替換練習

1. Elle travaille dans une boutique de mobilier.
   她在一家傢俱店上班。

2. J'aimerais être représentant plus tard.
   我將來想當業務員。

3. Je ne veux pas aller au restaurant ce soir.
   我今晚不想上館子。

4. Ils vont visiter le Musée d'Orsay pendant leurs vacances d'été .
   他們暑假要去參觀奧塞美術館。

5. Il nous manque encore une fourchette.
   我們還少一把叉子。

第22課　V

單字測驗

1. vacances　　2. verre
3. 聲音　　　　4. vie
5. vent　　　　6. 葡萄酒

造句練習

1. Ce garçon est gros comme une vache.
2. C'est agréable quand il y a du vent.
3. C'est la vie!
4. J'ai besoin d'un verre d'eau.
5. Il parle avec une voix grave.

聽寫測驗

1. vent　　　　2. veau
3. rose　　　　4. vache
5. iris　　　　6. vie

替換練習

1. C'est un sac en soie.
   這是絲做的皮包。

2. On va boire un café après le cinéma.
   我們看完電影之後要去喝杯咖啡。

3. J'ai pris un bouquet de tournesols ce matin au marché.
   我今早在市場買了一束向日葵。

4. Il parle avec une voix haute.
   他說話的聲音很高亢。

5. Nous allons avoir trois semaines de vacances cette année.
   我們今年將有三個星期的假期。

第23課　W

單字測驗

1. clownerie　2. interview
3. peigne　4. 鏡子
5. 牙刷　6. savon

造句練習

1. Qu'est-ce que vous avez fait ce week-end?
2. C'est un film du style hollywoo-dien.
3. Il mâchouille toujours un chewing-gum.
4. Combien ça coûte, le kiwi ?
5. Je voudrais une pizza hawaïenne.

聽寫測驗

1. clownerie　2. brosse à dent
3. rédowa　4. miroir
5. wagon-restaurant
6. cuvette de toilette

替換練習

1. Est-ce que je peux utiliser tes toilettes?
   我可以用你的臉盆嗎？
2. Il ne trouve plus sa pâte dentifrice.
   他找不到他的牙膏。
3. C'est un film du style français.
   這是一部法式電影。
4. J'apprend le ballet depuis cinq ans.
   我學芭蕾舞有五年時間。
5. Combien ça coûte, ce peigne?
   這把梳子怎麼賣？

第24課　X

單字測驗

1. 詞彙　2. 精華、粹取物
3. dessert　4. biscuit
5. gâteau　6. 例外

造句練習

1. Je suis en train de préparer l'examen du français.
2. J'ai appris beaucoup de lexiques aujourd'hui.
3. Ce fait est une exception.
4. Il étudie ce texte depuis des années.
5. Elle n'a jamais acheté un bijou.

聽寫測驗

1. exprimer　2. bijou
3. texte　4. examen
5. chocolat　6. glace

替換練習

1. Le texte exprime une pensée profonde.
   這篇文章表達一種深刻的思想。
2. Il sent très bon, cet extrait d'iris.
   這瓶鳶尾花香精聞起來好香。
3. Mon professeur est un homme très intéressant.
   我的老師是個非常有意思的人。
4. J'ai pris des biscuits ce matin.
   我今天早上吃了一些餅乾。
5. Je demande toujours une tasse de café après le repas.
   我餐後總會點一杯咖啡。

第25課　Y

單字測驗

1. moyen　　2. style
3. bicyclette　4. frigo
5. 暖爐　　6. 寄、送

造句練習

1. Quel est le style de ce bâtiment?
2. Je prends la bicyclette pour aller au marché.
3. Mon fils est un garçcn dynamique.
4. Je vais lui envoyer un cadeau.
5. Je suis content de vous voir.

聽寫測驗

1. ventilateur　2. aspirateur
3. pyramide　4. sympathique
5. dynamique　6. envoyer

替換練習

1. Ils cherchent un moyen rapide.
   他們在找快速的辦法。

2. La Tour Eiffel est un monument important en France.
   艾菲爾鐵塔是法國重要的景點。

3. Je prends la bicyclette pour aller à la piscine.
   我騎腳踏車到游泳池。

4. Je vais lui envoyer une lettre.
   我要寄一封信給她。

5. Je suis étonné de vous voir.
   我很驚訝看到你。

第26課　Z

單字測驗

1. 蜥蜴　　2. bizarre
3. zut!　　4. 氣體、瓦斯
5. assez　　6. 在…家裡

造句練習

1. Marie a un sac en lézard.
2. Ici, c'est une zone non-fumeur.
3. J'en ai assez!
4. Il fait un temps bizarre.
5. Je vais rentrer chez moi.

聽寫測驗

1. se lever　　2. se laver
3. assez　　4. nez
5. jazz　　6. s'habiller

替換練習

1. Il est incroyable de dire ça.
   這麼説真是不可思議。

2. Elle joue très bien au piano classique.
   她的古典鋼琴彈得很好。

3. Il travaille dans une compagnie étrangère.
   他在一家外商公司上班。

4. Ce matin, je me lève à dix heures.
   今天早上我十點鐘起床。

5. On va manger chez ses parents ce soir.
   我們今晚要到他父母家吃飯。

法語系列：13

大家的第一本法語

作者／哈福編輯部
出版者／哈福企業有限公司
地址／新北市中和區景新街 347 號 11 樓之 6
電話／(02) 2945-6285　傳真／(02) 2945-6986
郵政劃撥／ 31598840　戶名／哈福企業有限公司
出版日期／ 2016 年 2 月
定價／ NT$ 299 元（附 MP3）

全球華文國際市場總代理／采舍國際有限公司
地址／新北市中和區中山路 2 段 366 巷 10 號 3 樓
電話／(02) 8245-8786　傳真／(02) 8245-8718
網址／ www.silkbook.com　新絲路華文網

香港澳門總經銷／和平圖書有限公司
地址／香港柴灣嘉業街 12 號百樂門大廈 17 樓
電話／(852) 2804-6687　傳真／(852) 2804-6409
定價／港幣 100 元（附 MP3）

email ／ haanet68@Gmail.com

郵撥打九折，郵撥未滿 500 元，酌收 1 成運費，
滿 500 元以上者免運費

國家圖書館出版品預行編目資料

大家的第一本法語 / 哈福編輯部編著. -- 新北市：哈
福企業, 2016.02
　　面；　公分. -- (法語系列；13)
　　ISBN 978-986-5616-44-1(平裝附光碟片)

1.法語 2.讀本

804.58　　　　　　　　　　　　　104029241